dtv

Zwei ungleiche Schwestern teilen sich einen Mann. Eine Frau wird nach einem Schicksalsschlag obdachlos und findet in einer Streusandkiste Zuflucht. Ein Kater namens Glück ist auf der Suche nach einem neuen Zuhause. Eine Tandlerin ist auf Gedeih und Verderb zwei Teenagern ausgeliefert. – Einfühlsam spürt Asta Scheib in ihren Geschichten Menschen und ihren Schicksalen nach. Sie schreibt von Einsamkeit und Glück, von kurzen Begegnungen und folgenschweren Entscheidungen, von Mädchen, Müttern und Großmüttern, die sich ihren Platz im Leben erobern.

Asta Scheib, geboren am 27. Juli 1939 in Bergneustadt/Rheinland, arbeitete als Redakteurin bei verschiedenen Zeitschriften. In den Achtzigerjahren veröffentlichte sie ihre ersten Romane und gehört heute zu den bekanntesten deutschen Schriftstellerinnen. Sie lebt mit ihrer Familie in München.

Asta Scheib

Streusand

Erzählungen

Deutscher Taschenbuch Verlag

Von Asta Scheib
sind im Deutschen Taschenbuch Verlag u.a. erschienen:
Frost und Sonne (21183)
Das Schönste, was ich sah (21272)
Schwere Reiter (21420)
Das stille Kind (21530)
Sonntag in meinem Herzen (21557)

**Ausführliche Informationen über
unsere Autoren und Bücher
finden Sie auf unserer Website
www.dtv.de**

MIX
Papier aus verantwortungsvollen Quellen
FSC® C019821

Ungekürzte Ausgabe 2015
Deutscher Taschenbuch Verlag GmbH & Co. KG
München

Umschlagkonzept: Balk & Brumshagen
Umschlaggestaltung nach einem Entwurf
von Katrin Steigenberger unter Verwendung
eines Fotos von Arcangel Images/Mark Owen
Satz: Dörlemann Satz, Lemförde
Gesetzt aus der ITC Esprit
Druck und Bindung: Druckerei C.H.Beck, Nördlingen
Gedruckt auf säurefreiem, chlorfrei gebleichtem Papier
Printed in Germany · ISBN 978-3-423-21567-1

Inhalt

Vorwort

Eines haben meine Erzählungen gemeinsam: Ich habe sie alle von Hand geschrieben. Ich reise nie mit meinem Laptop – weil Gepäck mir lästig ist und weil ich computerlose Zeiten an fremden Orten liebe. Hier kann ich aus einem Brunnen der Erinnerungen schöpfen, der sich mir am technischen Gerät nicht so ohne weiteres öffnet. Szenen aus meinem Leben tauchen auf, sie spiegeln Gefühle von Fremdheit, aber auch von Neugier und Lust am Leben. Wenn ich auf Lesereisen im Zug sitze oder bei Verspätungen auf idyllischen Bahnhöfen, an welchen Orten auch immer ich zur Ruhe komme, hole ich mein kleines, aber dickes Notizbuch heraus und schreibe alles auf, was mir einfällt oder was ich sehe. Manchmal kommt ein Stoff auch per E-Mail. So fragte meine Freundin Fabienne an, ob ich nicht für die Obdachlosenzeitung *BISS* über meinen Stadtteil schreiben wolle. Über den Münchner Stadtteil Gern habe ich schon oft geschrieben. Gern ist jeden Tag ein Fest, und schon gar auf der Gerner Brücke. Dafür gibt es keinen Stundenplan und keine Einladung. Man kommt von überall her, stellt sein Radl ab, packt das Picknick aus und nimmt Platz auf der steinernen Brüstung, von der man freien Blick hat auf das Schloss, den Hubertusbrunnen und die Schwäne, die manchmal über unsere Köpfe hinwegfliegen. Von meinen Lieblingsfreundinnen in Gern ist die Rede in der Erzählung, die ich »Gerner Brücke« genannt habe. »Streusand« heißt die Geschichte der jungen Frau, die tatsächlich eine Zeitlang in einer Streusandkiste schlief, denn sie hatte Angst. Sie lebte auf der Straße wie tausend andere Frauen ohne Obdach.

Eine andere Geschichte, fast ein Protokoll, schrieb ich kurz vor dem Fall der Mauer. Damals, im November 1989, war ich in Ostberlin, wo der Verlag der Nation meinen ersten Roman, *Langsame Tage*, in Lizenz herausgegeben hatte. Darauf war ich stolz. Die liebenswerten Mitarbeiter des Verlags vermittelten mir Interviews mit Bärbel Bohley, Ulrike Poppe und anderen Frauen und Müttern. Ich hörte von Ereignissen, die mich fassungslos machten. Bärbel Bohley gab mir Kopien von Aufzeichnungen staatlicher Übergriffe mit, die es beim jüngst »gefeierten« vierzigsten Geburtstag der DDR allerorten gegeben hatte. Niemand von uns allen ahnte zu dem Zeitpunkt, dass schon bald darauf etwas so Großartiges wie die Wiedervereinigung gelingen würde. Aus diesen Protokollen entstand meine Geschichte »Meinetwegen mit Manja«. Ich habe sie aufgeschrieben für alle ungenannten Heldinnen und Helden von 1989.

So ist jede dieser Erzählungen inspiriert von persönlichen Erlebnissen und Eindrücken. Ob sie aus meiner Kindheit stammen oder aus späteren Jahren – alle kommen aus den Zeiten, in denen ich gelernt habe, zu sehen, zu denken und schließlich zu schreiben: von den fünfziger Jahren des vorigen Jahrhunderts an bis heute.

München, Oktober 2010
Asta Scheib

Gerner Brücke

Manchmal ist es leicht, sich zu erinnern. Da tut sich plötzlich eine Landschaft auf und bevölkert sich. Das ganze Gehirnland, hat Werner Schwab gesagt. In meinem gibt es einen Kanal und eine Brücke. Die Gerner Brücke. Auf der steh ich oft und denke an nichts. Ich denke gerne an nichts. Unter mir öffnen Karpfen das breite Maul. Einmal im Jahr hab ich einen von denen im Ofen. Weil die von der Schlösser- und Seenverwaltung im Herbst alle Karpfen abfischen. Bis auf die ganz kleinen. Meiner wird dann polnisch, wegen des vielen Rotweins, in dem er gegart wird. Er sitzt auf einer umgedrehten Tasse und glotzt in den Backofen. Oder er klemmt als Filet in der Bratpfanne. Stunde null. Tabula rasa. Er hat alles hinter sich, was er im Nymphenburger Kanal durchmachen musste. Siege und Niederlagen. Wie andere Leute auch.

Nun hatte ich doch etwas gedacht. Und schon fällt mir ein, wie ich damals mit jemandem, der sich von mir verabschieden wollte, durch den trockengelegten Kanal gelaufen bin. Mehlig gelb war der Boden, glaube ich. Ein seltsames Gehen da, wo sonst neben den Karpfen Enten den Tag durchschwammen. Schwäne brüteten immer am selben Ufer, immer auf gleicher Höhe. »Grüß Gott, Frau Schwan, wie geht es den werten Eiern?«, könnte man fragen. Das hab ich in einem Micky-Maus-Heft gelesen, da flogen zwei Kondore in der Luft herum, und ein Vogel fragte den anderen: »Grüß Gott, Frau Kondor, wie geht es den werten Eiern?« Das war lange mein absoluter Lieblingssatz, auch wenn er nicht von allen verstanden wurde. Und die Autorin Erika Fuchs, geborene Petri, von ihren Freunden Petruschka genannt, war eine meiner Lieblingsfreundinnen. Mit ihr stand ich oft auf der Gerner Brücke und ließ mir von ihr erzählen, wie sie dazu gekommen war, fast dreißig Jahre Micky Maus und die Duck-Ente zu übersetzen. Schließlich war sie promovierte Kunsthistorikerin und schätzte eher Autoren wie George Eliot und Jane Austen. Doch weil ein stupendes Wissen einen offenbar nicht daran hindern muss, klasse Nonsens zu erfinden, waren die Treffen mit Petruschka ein einziger Wortrausch.

Der, mit dem ich damals durch das ausgelassene Kanalbett gelaufen bin, war Sinologe. Diese Leute können Chinesisch lesen und schreiben, und er wollte nach Peking – oder Beijing, wie die Sinologen sagen. »Nördliche Hauptstadt« bedeutet das. Wie wir so durch den getrockneten Modder latschten, fragte er, ob ich nicht mitkommen möchte nach Peking. Beijing. Nördliche Hauptstadt. Jetzt überleg dir aber gut, wie du rauskommst aus so einer Frage, dachte ich.

Doch da kam eine weitere meiner Lieblingsfreundinnen des Wegs. Als hätte sie geahnt, dass sie heute noch hochwillkommen sein würde. Der Sinologe war auch sogleich gebannt von der Erscheinung der Ankommenden. Wie immer hatte diese große, schlanke Dame ihre Sturmhaube auf. Die trug sie sommers wie winters. Ein badekappenähnlicher Schnitt, ich schätze, aus Filz, alles gehalten von einem ziemlich breiten Sturmriemen, der unterm mageren Kinn verlief. Falls sich unter der Haube Haar befand, konnte kein Sturm es durcheinanderbringen. Am Arm der Dame ging ein Zivi, ein Zivildienstleistender, der sichtbar zufrieden war mit seinem Job. Seine linke Hand steckte locker im Ellbogen seines Schützlings, die rechte hielt eine Zigarette. Das Leben ist schön bei einer Dame, die den ganzen Tag philosophiert und Joghurtbecher sammelt. Übergangslos berichtete sie uns, dass in Nymphenburg alles von Schnee bedeckt sei, »alles, die Menschen spüren es nicht, sie schlafen und wissen es nicht, sie sind ohne Substanz. Wer an diese Welt glaubt, ist ein Verräter, ein Verräter!« Jetzt flüsterte sie nah an meinem Ohr: »Dort ist nichts wahr, alles ist falsch, sie schauen durchs Fernrohr, immerzu durchs Fernrohr, alles ein Betrug, eine Fiktion. Es handelt sich um einen Traum, glauben Sie mir, um einen Traum …«

Der Zivi rauchte in Ruhe zu Ende, er schaute uns mit seinem ernsthaft belustigten Lächeln an. Dann nahm er seine Schutzbefohlene fest beim Arm, die beiden winkten uns zu, lächelnd, und ich fragte den Sinologen, ob es in China auch Bahnhöfe gebe, so wie bei uns. Für die vielen Menschen. Die müssen schließlich auch manchmal Abschied nehmen. Vielleicht geht einmal ein horizontsüchtiger Germanist aus Peking oder Beijing, Nördliche Hauptstadt, nach Munich oder München, bayerische Hauptstadt. Und dann heißt es vielleicht Abschied nehmen von einer sesshaften Chinesin, gab ich zu bedenken.

Der Sinologe sah mich zerstreut an, dann blickte er meiner Lieblingsfreundin nach. »Wer beweist uns, dass wir überhaupt da sind?«, fragte er.

Atmen im Intercity

Beim Frühstück verkündete Amelie der Familie, dass sie ab sofort neben ihren Atemübungen noch Walking machen werde, Nordic Walking. Wegen ihres Herzens und wegen des Kreislaufs. Hier sei die Todesrate immerhin am höchsten. Und für das seelische Befinden habe sie jetzt einen Kurs in Qigong angefangen. Alle essen und reden unbeteiligt weiter, nur der Paterfamilias schaut etwas furchtsam und fragt leise: »Walking – aber doch nicht mit solchen Stöcken, oder?« Typisch. Amelie erklärte ihm, dass gerade in den Stöcken die Wirkung liege, es komme darauf an, dass der Mensch beim Einsatz jedes Mal die Hand, die den Stock nach hinten führt, öffnet. Wer das nicht wisse, dem bringe Nordic Walking praktisch nichts.

Ihr Mann nahm die dritte Weißwurst aus dem heißen Wasser. Wie soll Amelie ihre Ideen einem Mann erklären, der sich stoisch jeder Form von Fitness verschließt. Sogar davon spricht, dass er eine Intoleranz entwickelt habe gegen Fitness und jede Art von Diät. Er benötige für die Balance zwischen Körper und Seele einen Schweinsbraten und kein Chicken Delight Wrap.

Amelie hatte vergessen, dass sie früher auch irritiert gewesen war, wenn sie auf einem einsamen Waldweg über das Höhere im Leben nachdenken wollte und plötzlich Nordic Walker unter Einsatz ihrer Stöcke aus dem Unterholz brachen. Damals, noch nicht eingeweiht, dachte sie sogar an

Leute vom Geheimdienst. Pullach war schließlich nahe bei München. Normale Menschen brechen nicht aus dem Unterholz. Seit damals hatte sich viel verändert, und heute sagte sich Amelie: Jeder, wie er meint.

Sie selbst ist inzwischen auch auf die Toleranz ihrer Umwelt angewiesen. Und zwar ihrer Stimmlippen wegen, die infolge lauten Vorlesens von Texten nicht mehr richtig schlossen. Das konnte übrigens gefährlich werden. Man glaubt es nicht, aber Amelie hatte von Kollegen gehört, bei denen hatten sich die Stimmlippen auf langen Lesereisen entzündet. Mediziner sagen, man könne an der akuten Entzündung seiner Stimmlippen sogar sterben. Oder, was noch schlimmer ist, die Stimme versagt einem. Bleibt weg. Gerade wenn man zu seinen Lesern sprechen will. Amelie erinnerte sich immer noch mit Schrecken daran, wie sie sich im ostfriesischen Leer über eine stattliche Lesegemeinde gefreut hatte, die trotz dichten Nebels und rutschigen Kopfsteinpflasters den Weg zu ihrer Lesung gefunden hatte. Und in dem Moment, als Amelie vor ungefähr vierzig Ostfriesen brillieren wollte – keine Stimme mehr. Die Leute saßen da und schauten Amelie an. Und sie konnte nur zurückschauen, denn die Stimmlippen erlaubten nicht mehr den geringsten Ton.

Gut, dass es Experten gibt. Logopäden heißen sie. Amelies Logopäde ist ein Spätberufener. Er war bis zu seinem dreißigsten Lebensjahr Mönch in einem Trappistenkloster. Doch dann hatte er genug von der Askese und vor allem vom Schweigen, und er wandte sich der Stimmheilkunde zu. So wie viele Spätberufene nahm er seinen neuen Beruf sehr ernst, und er verlangte von Amelie in der akuten Phase ihres Stimmlippenleidens Töne, wie sie sonst höchstens Anna Netrebko hervorbringt. *»Amamam, hohoho, ririri«*

und so etwas. Amelie musste dann die Hand auf die Brust legen, wahrscheinlich wegen des Resonanzbodens. Und immer an den Faden denken, der vom Mittelpunkt des Kopfes, von den beiden Ohren aus gesehen, direkt an die Decke führt. An diesem Faden hängt alles. Der Mensch und wahrscheinlich die Welt. Das hatte Amelie praktisch überall gelernt. Beim Yoga oder beim Qigong. *Schigung* gesprochen. Wer an diesem Faden hängt, kann schon nicht mehr viel falsch machen. Weil der einen mit dem Universum verbindet.

Gut, dass Amelie dreimal mit dem Logopäden gearbeitet hatte. Sie sollte auf Verlangen des Lehrers auch daheim weiterüben, aber dann kam die Einladung zu einer Lesereise in den Schwarzwald. Als der Intercity in Baden-Württemberg haltmachte, stieg eine Dame ins Abteil, eine Schwäbin, wie sich rasch herausstellte. Sie erklärte ihre sportliche Ausrüstung damit, dass sie auf dem Weg sei zu einer Wanderung über die Alb. Oder Alp? Amelie wusste es nicht. Sie wanderte nicht über die Alb und auch nirgendwo sonst. Niemand von ihrer Familie würde sie begleiten. Und einsam wandern, wie diese alleinstehende Dame, womöglich noch ähnlich praktisch gekleidet, das mochte Amelie sich nicht vorstellen.

Doch sie hatte Wichtigeres zu bedenken. Heute gegen neunzehn Uhr dreißig begann ihre Lesung, und sie musste schleunigst ihre Atemübungen machen. Vielleicht wurde sie ja abgeholt, möglicherweise ging es vorher zum Essen, und sie wäre atemtechnisch nicht vorbereitet. Amelie konnte auf die Schwäbin in ihrem Abteil leider keine Rücksicht nehmen, denn in einer knappen Stunde wäre sie am Ziel.

Sie brachte sich in die richtige Stellung, mit der Hand auf dem Resonanzboden und dem Faden oben an der Decke des Zugabteils. Jetzt musste sie sich aber zuerst noch ihr gesamtes Knochensystem vergegenwärtigen. Und das ging los beim Scheitelbein und Hinterhauptbein übers Schlüsselbein. Es gibt sogar ein Darmbein, aber das ist weiter unten. Vorher kommen noch jede Menge Köpfchen und Knochen, man glaubt es nicht. Oberarmkopf, Oberschenkelkopf. Den Hals am Oberschenkel, das wusste Amelie, den brachen sich ältere Damen sofort, wenn sie mal hinstürzten. Bis runter zum Mittelfußknochen musste sie alles sortieren, und vor allem musste sie es sich vergegenwärtigen, um das richtige Körperbewusstsein zu bekommen. Oh, die Beckenschalen mit den zwei Sitzhöckern – ja nicht vergessen. Also die ganzen Räume des Körpers musste Amelie sich erst einmal erarbeiten. Dann den Atem abfühlen. Der Atem verlässt den Körper auf »f«, und dann wird die Bauchdecke flach. Leider nicht bei Amelie. Jetzt eine Hand auf die Bauchdecke legen. Dazu *»psst – psst – psst«* und *»kscht – kscht – kscht«* und *»hop – hop – hop«* rufen. Das sind Explosivlaute, bei denen sich der Atem austauscht. Quasi von selbst.

In dem Moment meldete sich die Schwäbin, die bisher stumm zugeschaut hatte. »Gell«, sagte sie einsichtig, »gell, des brauchet Se zur Vitalisierung und Harmonisierung ihrer Läbenskräfte! Wisset Se, i tät des au brauche. Darf i mitmache?«

Warum nicht? Amelie erklärte ihr, wie sie das Standbein auszuschütteln hatte, erst das eine, dann das andere. Dann bleiben beide Fußsohlen fest am Boden. Schon beginnt der feste und kurze Vokaleinsatz: *»Oft – okt – opt – ost – omt – ont – olt – ort – uft – aft – eft«* – »Die Federung erfolgt erst beim Vokalbeginn!«, rief Amelie noch, und die Schwäbin zeigte sich begabt. Sie hatte viel mehr Kraft in der Stimme als Amelie, und so standen sie einander gegenüber, und beim *»oft – okt – opt – ost – omt«* kam der Schaffner und öffnete die Tür.

»Ist alles in Ordnung?«, fragte er, und die Schwäbin, ohne ihre Haltung zu verändern, rief ihm zu: »Wisset Se, mir löset unsere Blockade, mir holet uns Kraft aus der Mitte!«

Schleunigst schloss der Schaffner die Tür wieder. Er schaute noch einmal scheu zurück und machte sich davon, ohne die Fahrkarten kontrolliert zu haben. Männer wollen so gar nichts erfahren über die Räume des Körpers, denkt Amelie. Sie wollen einfach nicht die Mundhöhle als weiten Raum spüren, den Hals als weite, schöne Röhre erleben. Sie wollen nicht einmal den Oberarm als Röhre erfühlen oder den flachen, breiten Raum der Hand.

Einzig die Schwäbin hatte begriffen, worum es ging im Leben. Doch sie wanderte auf der Alb. Oder Alp?

Rock Around the Clock

Hätte Tante Märjen in den achtziger Jahren noch gelebt, wäre sie womöglich mit E.T. verwechselt worden. Sie hatte den gleichen schrumpeligen Kopf, aus dem große Augen leuchteten. Diese Ähnlichkeit mit dem Außerirdischen war allerdings rein äußerlich. Märjen war keineswegs heimwehkrank oder sonst seelisch verwundet wie E.T.

Tante Märjens Augen waren die eines Spähers. Wahrscheinlich konnte sie auch um die Ecke sehen. Sie wachte in den fünfziger Jahren über unsere Moral. Über Ruthas, Millas und meine. Eigentlich hieß Märjen nach ihrer aus Amerika stammenden Mutter Maryann, aber für uns war sie Märjen und noch schlimmer als die Polizei. Unsere Mütter arbeiteten von halb acht Uhr morgens bis abends um sechs in der Modellabteilung einer Textilfabrik. Meine Mutter zeichnete Entwürfe, die Mutter von Rutha und Milla nähte danach die Modelle der Strickwaren, Pullover, Röcke, Jacken. Es war ein anstrengender Job, zwar weniger körperlich anstrengend, wie bei den Fabrikarbeiterinnen, aber dafür mussten unsere Mütter für einen Misserfolg ihrer Kreationen geradestehen.

Tante Märjen war nicht meine richtige Tante, Gott sei Dank; sie war nur die Tante von Rutha und Milla. Trotzdem hatte sie tagsüber die Oberhoheit auch über mich, und sie verlangte, dass ich sie Tante nenne. Ich sehe sie immer noch deutlich vor mir. Heute denke ich, dass sie eine unglückliche, einsame Frau gewesen sein muss. Aber als kaum sechzehnjähriges Mädchen fürchtete ich mich vor ihr. Tante Märjen sah bedrohlich aus mit ihrer papierenen gelbbräunlichen Haut, dem flusigen Haar, das sie vergeblich mit der Brennschere in Wellen zu legen versuchte. Sie trug ständig eine Art schwarzen Kittel über ihrer Kleidung, die sie wohl dadurch schonen wollte. In dieser Schwärze erschien sie mir wie das leibhaftige Unglück, das Sinnbild der Strafe für was auch immer, der fleischgewordene Vorwurf, das ständig lauernde Misstrauen. Wenn sie mich ansah, war ich bedrückt. Ihre Lippen waren ein dünner Strich. Wenn sie den Mund aufmachte, dann meist, um uns zu tadeln oder uns zu drohen. Selbst wenn ich hätte zuhören wollen, wäre es mir nicht möglich gewesen, denn ich starrte jedes Mal wie hypnotisiert auf ihre gelbliche schiefgewachsene untere Zahnreihe.

Wenn Rutha, Milla und ich aus der Schule kamen, wusste Tante Märjen schon, wer von den Jungen uns nach Hause begleitet oder gar unsere Tasche getragen hatte. »Ihr seid eine Schande für die Familie!«, rief sie dann. »Am helllichten Tag wird mit den Kerlen poussiert. Vor aller Augen. Was sollen denn die Leute denken? Mir tun eure Mütter leid, dass sie derart leichtsinnige Töchter haben!«

In meinem Fall hatte Tante Märjen schon Schicksal gespielt. Erfolgreich. Sie hatte den Eltern meiner Schülerliebe Karl-Friedrich, genannt Torro, unsere Poussagen in den glühendsten Farben geschildert. Es waren Geschichten, die offenbar Tante Märjens Phantasie entsprungen waren, denn Torro und ich strebten nach Reinem und Hohem. Doch Torros Eltern, getrieben von der panischen Angst, vor der Zeit mit Enkeln gesegnet zu werden, schickten ihren einzigen Sohn postwendend ins ferne Amerika, wohin man geschäftliche Beziehungen hatte.

Tante Märjens Sieg war jedoch einer nach Art des Pyrrhus. Nach einem Jahr im Exil kam Torro zurück, und er kam nicht allein. Im Gepäck hatte er den größten Feind, den das Leben für Tante Märjen bereithalten sollte. Es handelte sich um äußerlich unscheinbare Schallplatten, die es allerdings in sich hatten. Sie gerieten zu einer Offenbarung für Rutha, Milla und mich. Und das kam so:

Noch am Abend seiner Rückkehr aus den USA trafen wir Torro und seine Freunde Manni und Klaus, ausgerüstet mit den besagten Schallplatten, an der Friedenseiche. Es verwirrte mich, dass Torro nicht zuerst ein Treffen allein mit mir arrangiert hatte. Schließlich war ich für ein reichlich langes Jahr seine zurückgelassene große Liebe gewesen. »Du kannst Dir gar nicht vorstellen, wie sehr ich Dich liebe. Ich könnte lachen und weinen. Weil Du meine bist und doch ein Meer zwischen uns liegt.« Das oder Ähnliches hatte Torro mir in einem Stapel von Briefen versichert. Auch dass wir heiraten und Kinder kriegen würden. Durfte ich da nicht erwarten, dass er zuerst einmal mich allein treffen wollte? Mir wurde plötzlich klar, dass ich die Spielregeln nicht kannte. Wer weiß, was mein Karl-Friedrich in den USA erlebt hatte. Jedenfalls war ich verblüfft über diesen amerikanischen Torro.

»Mit deinem Bürstenschnitt und den braun-weißen Schuhen siehst du aus wie ein GI auf Urlaub«, flüsterte ich ihm zu. »Ich komme ja nur deinetwegen«, flüsterte er rasch zurück, »ich wollte bloß nicht, dass es am ersten Tag schon wieder Gezeter gibt.«

Durch die Gassen gingen wir möglichst unauffällig zu unserem großen, alten Haus, in dem auch Rutha, Milla, ihre kriegsverwitwete Mutter und eben Tante Märjen lebten. Wir öffneten behutsam das quietschende Gartentor, bewegten uns vorsichtig durch den schmalen Gang neben der Waschküche, gelangten ungesehen in die Diele und in unser großes Wohnzimmer, wo wir so geräuschlos wie möglich den Schlüssel in dem alten Schloss umdrehten. Einer der Jungs hängte seine Kappe darüber. So – jetzt konnte Tante Märjen nicht einmal durchs Schlüsselloch spionieren.

Wir holten unseren Plattenspieler aus dem Schrank. Torro zeigte uns Ausschnitte aus amerikanischen Magazinen über einen Rock-'n'-Roll-Musiker namens Bill Haley. Torro meinte, wir sollten uns nicht daran stören, dass er etwas dicklich und schon in den Dreißigern wäre, und schon gar nicht an der Schmalzlocke auf der Stirn – »Der Mann macht eine Musik, dass es dich elektrisiert. Du kannst einfach nicht sitzen bleiben«, sagte Torro –, und da hörten wir auch schon den *Rock-A-Beatin' Boogie*, wir hörten *»Rock, rock, rock, everybody, roll, roll, roll, everybody«*, und Torro kickte seine langen Beine nach rechts und links, zog seine Knie hoch, dann wieder steppte er mit kleinen Schritten. Ich hatte noch niemanden so wild tanzen sehen, ich glaube, mir blieb der Mund offen stehen, doch Milla war sofort im Rhythmus. »Hey, Klaus, *let's go*!«, rief sie, und die beiden sprangen herum wie Derwische. Rutha und Manni übten das mit dem Kicken, beide hatten schon hochrote Gesichter, und Rutha rief: »Mann, Torro, zeig mir das noch mal richtig!«, und Torro kickte bereitwillig ein wenig langsamer, doch dann rollte er mich in seine Arme und wieder zurück, und jedes Mal flüsterte er mir etwas zu: »Ich liebe deine Augen«, »Ich kann mich nicht sattsehen an deinem Mund« und dergleichen. Ich roch den Duft seines weißen Hemdes, spürte den sehnigen Körper, und Torro flüsterte wieder: »Du machst mich ganz schön verrückt!«, während Tante Märjen draußen vor der Tür hämmerte und schrie, scheinbar ebenfalls verrückt geworden, nur anders. Sie schrie, dass wir sofort aufmachen sollten, aber sofort, sonst hole sie die Polizei.

Wir waren allerdings gerade so richtig im Rock-'n'-Roll-Fieber, und die alte Schraube draußen war uns so was von egal! Wir schoben ruck, zuck den Tisch an die Wand, stellten die Stühle obendrauf, und Torro hatte längst *Crazy, Man, Crazy* aufgelegt. Wir tanzten das, was wir für Rock 'n' Roll hielten, und Milla rief an der Türe, dass Tante Märjen mittanzen könne, sie müsse aber unbedingt einen Mann mitbringen. Und Torro rief: »Danke, Märjen, danke, dass du so schöne Intrigen gesponnen hast! Ich hab nämlich in den USA den Geschlechtsverkehr kennengelernt! Du als halbe Amerikanerin musst vielleicht noch lernen, dass Rock 'n' Roll ein Slangwort ist. Und weißt du, wofür? Für Geschlechtsverkehr!«

Damit hatte Torro mich angestachelt. Meine Wut auf Märjen und ihre Lügen war plötzlich wieder lebendig in mir. Ich schrie durchs Schlüsselloch: »Hallo, du da draußen, du kannst unseren Eltern ruhig verraten, dass wir es miteinander getrieben haben, Torro und ich. Und die anderen auch. Denn diesmal lügst du damit nicht!«

»Abschaum!«, tönte es von Tante Märjen zurück. »Ihr seid schuld am Verfall der Sittlichkeit. Ihr werdet schon sehen, wo ihr mal landet!«

Wir hörten, wie sie sich mit polternden Schritten entfernte. Und zum ersten Mal war uns ihr Geschrei gleichgültig.

Torro hatte noch mehr Amerika für uns mitgebracht. Und weitere Zeitungsausschnitte und Plakate zeigten einen so hübschen Jungen, dass Milla, Rutha und ich ungehemmt »Oh!« und »Ah!« schrien. Was war das denn für einer? »Das ist ›Elvis the Pelvis‹«, sagte Torro stolz, als wäre er dessen Manager. Mindestens. »Soll das vielleicht ›Elvis, das Becken‹ heißen?«, fragte ich ungläubig. Von den Zeitungsausschnitten und aus Torros Erzählungen erfuhren wir, dass dieser Elvis Presley nicht nur mit einer besonders samtenen Stimme sang, sondern seine Lieder zusätzlich mit so aufreizenden Hüftbewegungen unterstützte, dass seine Fans wie von Sinnen kreischten. Als wir *Don't Be Cruel* hörten, *Hound Dog* und *Heartbreak Hotel*, waren wir seiner Stimme verfallen.

»Die dürfen richtig wild sein!«, rief Milla, »die machen was los! Die lassen sich von keinem was sagen!« Verblüfft sahen die Jungen sich an, bis Torro sagte: »Und wir auch nicht mehr!«

Sie versprachen es sich in die Hand, und wir schlugen mit ein.

Tante Märjen hatte unsere Mütter schon am Fabriktor abgefangen. Sie berichtete ihnen von einer anstößigen Orgie der drei Mädchen mit den drei Jungen: »Greta, Lisbeth, ich habe diesmal das Schlimmste nicht mehr verhüten können. Die haben so unanständige Sachen geschrien, dass ich es nicht mehr ausgehalten habe!«

Wir standen hinter der Friedenseiche, geschützt vom Gebüsch, und sahen unsere Mütter näher kommen. Die beiden Frauen schoben ihre Räder schwerfällig die Hauptstraße hoch. Sie redeten miteinander, und wir sahen ihre ratlosen Gesichter. Milla, Rutha und ich waren mit einem Mal beklommen, unsere Augen trafen sich. »Vielleicht holt mein Stiefvater wieder die Schmicke vom Schrank«, überlegte ich. »Dem dreh ich den Hals um!«, drohte Torro. Doch Milla sah ihn an und meinte, sie würde auf diese Musik nicht mehr verzichten. »Alle Platten von denen kaufe ich mir, alle, darauf können die in der Hauptstraße 21 Gift nehmen!« Und zu mir meinte sie kämpferisch: »Wenn dein Stiefvater wirklich wieder die Peitsche holt, dann rennst du einfach runter zu uns! Schrei wie verrückt! Dann gehen wir zu dritt auf ihn los! Den kriegen wir klein, der hat doch bei Bockemühlen Emma jetzt schon den dritten Schnaps intus!«

Ich sah, dass meine beiden Freundinnen genauso berauscht waren wie ich. Wir lachten. Lachten bis zum Ersticken. Zum ersten Mal konnten wir alles vergessen. Den Krieg, der dieselben Farben hat wie meine Kindheit. Der Krieg hatte aus uns kleine Erwachsene gemacht, mit Wasserscheiteln und strengen Zöpfen. Er war überall gewesen, der Krieg, alle waren darin verwickelt. Auch wir Kinder. Unsere Körper waren vermischt gewesen mit dem Krieg. In unserem Denken, wenn wir wach waren, und in unseren Träumen, wenn wir schliefen. Er hatte uns besetzt, der Krieg, und einer der Besatzer war Tante Märjen.

Nie, nie, nie vorher hatten wir geahnt, wie anders das Leben sein konnte. Wie großartig. Wie außerordentlich schön es war, sich halb totzulachen. Auch ohne Grund. Und ich wusste, dass ich keine Hilfe brauchte. Völlig allein wollte ich den Gespenstern in meinem Leben Paroli bieten. Vor allem meinem Stiefvater, diesem Verrückten, immer noch vom Dritten Reich Berauschten. In meinem Kopf hatte sich das Wort »Freiheit« breitgemacht. Ich wollte eine Erziehung, frei von meinem Stiefvater, frei von Märjen, ich wollte freies Tanzen, freies Singen, notfalls auch freies Kreischen. Ich wollte den Torro frei. Überhaupt das ganze Leben. Frei.

Streusand

Leonie war gerade dabei, ihren Rucksack in der Streusandkiste zu verstauen, als sie das Auto kommen hörte. Sie hatte vorgehabt, noch den Rest Kaffee aus dem Pappbecher zu trinken und sich dann schlafen zu legen, doch ein bestimmtes Gefühl, das sie nachher nicht mehr benennen konnte, ließ sie rasch in die Kiste klettern und den Deckel schließen. Und tatsächlich – der schwere Wagen bremste hart und kam unweit ihres Schlafplatzes zum Stehen. Leonies Herz klopfte laut, es dröhnte in ihren Ohren, und Leonie glaubte zu ersticken, obwohl sie den Deckel der Kiste mit einem Drahtbügel so präpariert hatte, dass er nicht zufallen konnte und die Kiste immer einen Spalt breit offen blieb. Leonie befahl sich, Ruhe zu bewahren, wer sollte sie hier finden, hier, an der wenig befahrenen Forststraße, in der Streusandkiste. Immer diese verdammte Angst, das Gefühl, wertlos und schutzlos zu sein.

Wenn sie durch die Straßen ging, hielt sie sich möglichst fern von den Passanten, denn sie hatte oftmals kein Geld, um in der Teestube zu duschen, und sie fühlte sich schmutzig. Ihre eiserne Reserve griff sie nur an, wenn die Münchner Tafel Lebensmittel austeilte. Niemals wäre sie ungeduscht dorthin gegangen, wo sie in einer Reihe mit anderen Bedürftigen warten musste. Leonie fürchtete ständig, dass die Gerüche ihrer Existenz in ihren Haaren hingen, aus ihren Kleidern strömten. Daher schienen ihr vor Scham die Füße zu brennen, sie wollte fort von allen. Die Menschen, die auf den sonnigen Gehsteigen an ihr vorbeieilten, wurden für sie zu einer gewaltigen Menge. Am liebsten war sie allein im Busch, im Wald. Der Lärm der Stadt dröhnte in ihren Ohren, aber sie musste manchmal unter Menschen, die ihr das Überleben ermöglichten, wie eben die Münchner Tafel. Manche der sich in ihrer Güte sonnenden Damen mit den sorgfältig frisierten Haaren und den teuren Kostümen waren freundlich zu ihr, versuchten aber gelegentlich, sie diskret auszuhorchen. Doch da hatte Leonie mühelos Tränen parat, die ihre Augen füllten, sodass man sie in Ruhe ließ.

Angst, würgende, demütigende Angst, hatte sie vor den anderen Obdachlosen unter den Brücken oder in den Durchgängen, die sie verjagten, wenn sie dort ihren Schlafsack ausrollen wollte. »Glaubst wohl, du bist was Bessres, weil du nicht saufen tust.« Oder wenn es ihretwegen Krach gab mit den Frauen, denen sie noch nicht aufgedunsen und abgewrackt genug erschien. »Hau ab, du greisliche Kuh, du magersüchtige!« Selbst in der Teestube trafen sie die Beschimpfungen, am liebsten wäre sie nie mehr hingegangen. Immer mehr wurde diese Einrichtung für sie ein Ort des Elends, des Scheiterns. »Da kimmt's wieder, die Schönheitskönigin von Schneizlreith«, und keiner wollte ihr Platz machen, sodass Achim, der Leiter der Teestube, eingreifen musste. Beim Duschen hatte Tutti ihr die letzten Euro und die neue Tube Zahnpasta geklaut, und als Leonie es ihr auf den Kopf zu sagte, verlangte Achim, dass Tutti ihre Taschen auspackte. Tutti bekam einen Tobsuchtsanfall, schmiss die Zahnpasta in Leonies Richtung, brüllte aber, das Geld sei ihr eigenes und es solle ihr bloß keiner zu nahe kommen. Achim erteilte ihr eine Woche Hausverbot, und Tutti trollte sich fluchend.

Achim gab Leonie zum Trost einen Krimi, den er zum Geburtstag geschenkt bekommen hatte. Wenn der Leonie gefiele, könne sie ihn in der Teestube lesen, wann immer sie Lust habe.

Leonie schlug das Buch auf. Es war die Geschichte einer jungen Frau, die ihr Kind durch eine schwere Krankheit verliert und deshalb einen gleichaltrigen Jungen entführt, der von seiner asozialen Mutter vernachlässigt wird. Bald war Leonie so gebannt von diesem Stoff, dass die Tasse Tee neben ihr kalt wurde, und irgendwann sagte Achim lächelnd, jetzt sei es Zeit für sie, zu gehen. Sie war gerade an der Stelle, wo die Mutter vom Arzt erfährt, dass ihr Kleiner bei der Operation verstorben sei, und sie las atemlos, wie der Fußboden sich hebt, wie er sich gleichsam auf die junge Frau zubewegt und wie sie dann ohnmächtig wird.

So, genau so war es Leonie ergangen, als sie Ivo erschossen hatten. Leonie hatte ihn identifizieren müssen, ein Polizist begleitete sie, und dann hatte sich der gekachelte Fußboden gewellt, sich immer näher auf sie zubewegt, und irgendwann war sie in einem kahlen Raum auf einer Liege aufgewacht. Sie wusste nichts. Nur, dass sie älter geworden war. Das wusste sie plötzlich.

Leonie schulterte ihren Rucksack, griff nach dem Bügel des karierten Einkaufswägelchens, das ihr ein alter Mann geschenkt hatte. Seine verstorbene Frau hatte das Gerät sorgsam gepflegt, sodass Leonie beschloss, ihre Lebensmittel darin aufzubewahren, damit die Kleidung endlich nicht mehr nach Essen roch. Leonie ging die lange, gerade Straße hinunter, die zum Schlachthof führte. Sie ging ohne Trauer, ohne Neugier, so als wollte sie gar nicht gehen, nirgends ankommen. Aber sie genoss die Sonnenwärme auf ihrem Rücken wie ein unverhofftes Streicheln, doch da war Tutti schon neben ihr, zerrte sie in die Toreinfahrt und schlug ihr mit der Faust ins Gesicht. Als Leonie taumelte, versetzte sie ihr noch einen gehörigen Tritt mit ihren derben Schuhen, sodass Leonie krachend zwischen Mülltonnen fiel.

»He, he, he!«, rief ein Mann und riss Tutti zurück, die sich erneut auf Leonie stürzen wollte. Tutti machte sich unter Flüchen und Drohungen davon, während Leonie den Mann höflich davon abhielt, ihr mit seinem Taschentuch das Blut von der Nase zu wischen.

An jenem Nachmittag hatte Leonie sich wieder einmal in die S-Bahn gesetzt, stadtauswärts. Sie hatte sich so machtlos gefühlt, auch sich selbst gegenüber, dass sie nur noch wegwollte, weg vom Lärm der Stimmen. Kurz vor der Endstation war sie ausgestiegen und einfach drauflosgelaufen, immer weiter, über Feldwege bis zum Rand einer kleinen Ortschaft, die in einem so schönen Licht dalag, dass Leonie ihre Furcht verlor und seltsam getröstet auf einer schmalen Asphaltstraße schlenderte, die auf beiden Seiten von dichtem Baumbestand gesäumt war. Als am Straßenrand die Streusandkiste sichtbar wurde, ziemlich leer bis auf ein wenig körnigen Sand, erhob Leonie sie zu ihrer Eremitage, und seither hatte sie Ruhe vor Tutti und den anderen Obdachlosen, von denen viele Leute glaubten, dass sie brüderlich zusammenstünden in ihrer Misere. Doch das Gegenteil war oft der Fall. Besonders im Suff, wenn man sich um den Verstand zechte, gab es Streitigkeiten, Missgunst, Verleumdung und Gewalt zwischen ihnen. Auf einer Baustelle hatte Leonie eines Abends eine kurze, dicke Eisenstange gefunden und mitgenommen. Jedes Mal, wenn sie sich schlafen legte, tastete sie nach dem kalten Metall, das ihr Sicherheit gab, als wäre es ein scharfes Schwert.

Leonie fasste unwillkürlich an ihren Oberschenkel, der immer noch wehtat vom Sturz zwischen die Mülleimer. Gerade eben hatte sie ihn noch inspiziert und festgestellt, dass er in allen Abstufungen zwischen Grün, Violett und Gelb leuchtete. Verdammte Tutti! Sie wurde so rasch wütend, brutal, sie schrie, sie fluchte. Und Leonie schien sie besonders schnell auf hundertachtzig zu bringen. Aber was machte das schon, wenn ihr Oberschenkel unansehnlich war. Leonie trug immer lange Röcke oder Hosen, sie nahm an keinem Schönheitswettbewerb teil. Mit diesem Gedanken wollte sie sich gerade möglichst bequem zurechtlegen, als sie das Schreien einer Frau und die wütende Stimme eines Mannes hörte.

»Bevor du das tust, bringe ich dich um!«

Die Frau schrie Unverständliches, sie schien sich der Streusandkiste zu nähern. Leonie hörte die kurzen, hilflosen Schritte, die Todesangst in der Stimme. Wetten, dass die Frau hohe Hacken und einen engen Rock trug, sie konnte nicht schnell genug laufen, sie hatte keine Chance, und da hörte sie es: Der Mann hatte sie offenbar eingeholt, die beiden stürzten, und Leonie vernahm nur noch die keuchenden Beschimpfungen des Mannes, von der Frau hörte sie nichts mehr, gar nichts mehr – mein Gott, der war imstande und brachte sie um!

Leonie hob den Deckel ihrer Kiste an, sie sah im abnehmenden Abendlicht nur undeutlich, wie die beiden am Boden lagen, der Mann war über der Frau, er brüllte immer noch, dass sie ihm seinen Sohn nehmen wolle, dass sie sein Leben zerstöre, aber das würde ihr niemals gelingen, niemals, brüllte er, und er drückte der Frau den Hals zu, bis Leonie mit der schweren Eisenstange auf seinen Rücken schlug, einmal, zweimal, sodass er von der Frau abließ und versuchte, sich herumzudrehen. In der Stille hörte Leonie ein Tier im Gebüsch rascheln, sie hörte das Japsen der Frau, die sich an den Hals fasste, weil sie keine Luft bekam, und das Keuchen des Mannes, der bemüht war, sich aufzurichten, um dann aber wieder zurückzufallen auf sein Gesicht.

Leonie hockte sich in das Gebüsch hinter ihrer Kiste, ihre Augen suchten verwirrt die Eisenstange. Sie musste plötzlich daran denken, was es für eine Regung sei, zu töten. Töten hieß, Leben zu beenden, auszulöschen. Es hieß auch, über Leben zu verfügen, es zu verachten, zu verjagen. Niemals hätte Leonie so etwas gewollt. Sie zwang sich, nicht auf die beiden Menschen zu starren, die vor ihr lagen, jeder mit seinem Überleben beschäftigt. Es war jetzt fast vollständig dunkel, eine fahle, unbestimmte Zeit, wenn sich die Blätter der Bäume und Büsche schon zur Ruhe gelegt hatten und der ganze Wald in wenigen Minuten so schwarz und schweigend dastünde, dass niemand mehr Leonies Streugutkiste wahrnehmen würde. Sie war selbst fast ein Teil des Waldes, dachte Leonie, zumindest, was das Schweigen anging.

Als sie am Morgen aufgestanden war aus ihrer Streusandkiste, da hatte noch nicht die große Limousine wie ein unheimliches Riesentier am Rand des Waldes gestanden. Wieder begann die Angst in Leonies Ohren zu rauschen, sie hörte ein paar Raben krächzen und versuchte sich darüber klar zu werden, dass zwei verletzte Menschen vor ihr auf dem Boden lagen. Nein, halt, sie hatte lediglich dem Mann zwei Schläge versetzt, die Frau ging auf sein Konto. Trotzdem war sie nun angreifbar. Sie würden Leonie ihre Streusandkiste wieder wegnehmen. Sie konnte nicht einmal mit dem teuren Schlitten dahinten abhauen – oder doch? Warum eigentlich nicht? Leonie überlegte. Auto fahren konnte sie, jedes Auto. Wenn sie jetzt losfuhr, wäre sie morgen in aller Frühe in Opatja. Ivo und Goran hätten den Wagen wahrscheinlich schon verkauft, bevor man diese beiden hier finden würde.

Leonie kramte in ihrer Tasche. Wie im Fieber drehte sie sich eine Zigarette von ihrem letzten, kostbaren Tabak und zog den Rauch ein, da hörte sie ein leises ersticktes Rufen, eher ein Röcheln, das wie »Hilfe!« klang.

Die Frau hatte sich aufgerichtet, ein wenig nur, schließlich lag der Mann halb auf ihr, und der war nicht von Pappe. Leonie versuchte, ihn wegzudrehen, doch es ging nicht, aber die Frau wimmerte, sie bekam keine Luft, und schließlich zog Leonie den Mann an seinen Füßen herunter von der Frau. Er trug Lackschuhe, wie ein Dirigent, dachte Leonie, und sie überlegte, wann sie zuletzt einen Dirigenten gesehen hatte.

»Auto, Wasser, hinten, bitte!«, krächzte die Frau und versuchte erneut, sich aufzurichten. Leonie lief zum Wagen. Die Beifahrertür stand weit offen, und hinter dem Sitz fand Leonie eine Wasserflasche. Mit dem Wasser ging sie zu der Frau, die jetzt auf dem Boden kauerte und vor sich hin starrte.

»Ist er tot?«, fragte sie fast unhörbar, und Leonie schwieg. Was wusste sie denn? Die Frau murmelte etwas, das wie »Oh Gott!« klang, und Leonie dachte, dass alle Menschen in so einer Situation »Oh Gott!« sagen, nur sie selbst hatte es nicht gesagt und auch nicht gedacht, und sie glaubte der Frau vor ihr auch nicht, dass sie wirklich an Gott dachte in diesem Moment, sie hatte die Worte eher ausgespuckt wie eine faule Frucht.

»Haben Sie …?«, fragte die Frau matt und sah apathisch zu Leonie hoch und dann von ihr auf die Eisenstange, die neben ihr lag. Leonie erschrak, denn die Frau kam plötzlich auf die Beine, die Eisenstange in der Hand. Sie reckte sich überraschend weit nach oben und warf das Metall mit einem gefährlich klingenden Sirren in das Dickicht der Sträucher.

»Das ist Beweismaterial – oder so was«, sagte Leonie irritiert.

»Eben«, sagte die Frau.

Sie sah an sich herunter, sah das Blut, das sich auf ihrem weißen knappen Kleid ausgebreitet hatte, und zog es sich mit einer harten Bewegung über den Kopf. Auch der Body war besudelt, und sie zog ihn angewidert aus. Dann schaute sie sich um, als wollte sie die Kleider ebenfalls in den Wald schleudern. Sie hatte den Kopf von Leonie abgewandt, die sah nur das dicke lockige Haar und den Hals über den nackten Schultern.

Leonie starrte die Frau an, ihr Körper war so ungewöhnlich schön, als wäre er aus Marmor gehauen. Vor allem die Brüste: glatt und rund mit nach oben weisenden Spitzen. Leonie musste wegsehen, so weh tat ihr die makellose Form. Die Frau hatte eine schmale Taille, die Beine waren lang mit unglaublich zarten Fesseln, Schultern und Arme hoben sich schimmernd aus dem Dunkel des Waldes heraus, und Leonie dachte bestürzt, dass sie niemals den Fotos in den Magazinen geglaubt hatte, auf denen Frauen so aussahen wie diese hier.

Hatte sie selbst jemals so ausgesehen? Leonie besaß kein Bild von sich aus der Zeit, als sie Anfang zwanzig war. Sie konnte an die Vergangenheit nicht denken, ohne in Hysterie zu verfallen. Wenn sie überleben wollte, musste sie sich vor dem Nachdenken bewahren, musste von heute auf morgen ums Überleben kämpfen und nicht denken, das war ihr

Programm. Und was dieses schöne Geschöpf hier anging, so kam es offenbar aus der Hölle. Vielleicht war die Frau bei aller Grazie blasiert, verwöhnt, zerstörerisch – jedenfalls für den Mann, der vor ihnen lag. Leonie wusste nur, dass sie selbst mindestens zehn Jahre älter war, aufgedunsen von billigem Essen, das früher üppige rote Haar glanzlos und strähnig.

Die junge Frau hielt immer noch die blutigen Kleider in der Hand, sie suchte ihre Schuhe und fand zuerst nur einen. Der zweite lag unmittelbar neben Leonie; sie hob den hochhackigen Pumps mit den winzigen Steinchen aus Strass auf und reichte ihn der Frau. Die lief zum Wagen, warf Kleider und Schuhe in den Kofferraum, streifte einen schwarzen Seidenblazer über und kam zurück zu Leonie, die sie schweigend anstarrte.

»Ich heiße Ophelia«, sagte die Frau und sah Leonie etwas ratlos an.

»Aus Hamlet?«, fragte Leonie, und Ophelia nickte. »Meine Mutter hat mal Shakespeare übersetzt, deshalb muss ich mit dem Namen herumlaufen.«

Leonie stellte sich ebenfalls vor und gab Ophelia die Hand.

»Ohne dich läge ich jetzt tot auf dem Boden«, erklärte Ophelia schaudernd, und es wirkte so, als würde sie es sich gerade vorstellen.

»Ich hab ihn geschlagen, damit er dich loslässt! Aber tot ist er nicht«, ergänzte Leonie trocken. Ophelia sprang hysterisch zurück, starrte auf den Mann, der jetzt leise ächzte. »Herrgott, nein, du hast recht, der lebt noch, ich muss abhauen! Ich muss zur Polizei!«

»Polizei? Nein! Auf gar keinen Fall! Ich bin eine Pennerin, ich streune, hab keine Wohnung – für die bin ich doch von vornherein eine Verbrecherin!«, schrie Leonie panisch. »Einer Obdachlosen glaubt doch keiner!«

»Obdachlos«, wiederholte Ophelia, und es war, als kaute sie auf jedem einzelnen Buchstaben. »Wie kommst du denn hierher?«, fragte sie kindlich, und Leonie zeigte auf ihre Eremitage, die im Dämmer kaum zu sehen war. »Ich wohne hier. Sieh mal da drüben, die Streusandkiste, kannst du sie sehen? Da schlafe ich.«

»Das ist aber jetzt ein Witz«, sagte Ophelia langsam, und Leonie sah förmlich, wie es hinter ihrer Stirn arbeitete, wie Ophelia überlegte und wie es schließlich in ihren Augen aufblitzte. »Leonie, wenn sie dich kriegen, bin ich auch dran, dann haben wir beide die Justiz am Hals. Ich würde es dich nie allein ausbaden lassen, schließlich bin ich es ja, die –«

Ophelia stockte, atmete tief durch und sah Leonie entschlossen an. »Er muss auf jeden Fall weg hier, und zwar jetzt gleich. Wir tun ihn in deine Kiste, da findet ihn so schnell niemand!«

»Mensch, Ophelia. Der muss in ein Krankenhaus. Und zwar ziemlich schnell, sonst stirbt er doch!«

Ophelia schaute auf ihn herunter, ihr Gesicht hatte einen für Leonie rätselhaften Ausdruck, schließlich lachte Ophelia hysterisch, Leonie musste mitlachen, und dann saßen sie beide auf der Kiste und heulten.

»Wir müssen zur nächsten Klinik fahren, Ophelia, da müssen wir einen Zettel abgeben, dass sie deinen Mann holen kommen, schnellstens. Ich hab ihm zwar eins übergezogen, um dir zu helfen, aber ich bin keine Mörderin.«

Ophelia antwortete nicht. Ihr Blick ging starr ins Nichts.

Leise sagte Leonie, sie habe anfangs geglaubt, dass sie beide tot wären, Ophelia und ihr Mann. »Und da hab ich mir überlegt, ob ich mit eurem Wagen abhaue, nach Opatja. Ich kenne da Leute, die lackieren deinen Wagen um und verkaufen ihn. Wir kriegen dann zwar nur die Hälfte für das Auto, aber davon können wir in Opatja lange leben …«

»Ich kann nicht abhauen, Leonie. Ich hab ein Kind, Tobias ist drei, und meine Mutter bringt ihn mir morgen Mittag. Ich muss nach Hause.«

Leonie schwieg. Das Kind. Natürlich. Der Mann hatte Ophelia gedroht. Dabei war es um einen Jungen gegangen. Leonie tippte sich an die Stirn. Der Gedanke, mit Ophelia loszufahren, die Last der einsamen düsteren Jahre hinter sich zu lassen, dieser Wunsch hatte sie verhext, ihren Realitätssinn getäuscht. Und wo war ihr Gewissen? Schließlich hatte sie einen Menschen schwer verletzt, und der war Realität, lag vor ihr auf dem Waldweg. Ophelia konnte zurückgehen in ihr Haus, zu ihrem Kind, sie war ohne Schuld. Doch was wurde aus ihr? Das Leben schien Leonie widerwärtig. Warum war sie vom Pech verfolgt?

Ophelia wandte sich ihr zu. Sie strich Leonie das widerspenstige Haar zurück. »Leonie, deine Idee ist gut. Sehr gut sogar. Wir fahren jetzt zu mir nach Hause. Da kannst du baden, deine Haare waschen, alles. Dann suchen wir Klamotten für dich aus meinem Schrank, und du fährst nach Opatja und verkaufst das Auto. Nur – warum eigentlich Opatja?«

Leonie erklärte ihr, dass sie dort gelebt habe. Mit einem Mal flossen ihr die Worte nur so aus dem Mund. »Geboren bin ich in München. Als ich knapp zehn war, kamen meine Eltern bei einem Busunfall ums Leben. Die Schwester meiner Mutter, die in Opatja gelebt hat, nahm mich zu sich, ich habe dort die Oberschule abgeschlossen. Mirko habe ich dann hier in München kennengelernt, als ich die Hotelfachschule besucht habe. Im Sommer, am Monopteros. Wir haben geheiratet, ich hatte etwas Geld von meinen Eltern, und Mirko kaufte in Opatja eine große, alte Villa und baute sie zum Hotel um. Es ging uns gut. Doch Mirko ...«, Leonie stockte, »... seine Blicke, seine Stimme, all das gehörte mir nur kurze Zeit. Plötzlich kam die Mafia, Mirko hat sich gewehrt, sie haben ihn erschossen. Mir haben sie dasselbe angedroht. Da bin ich nach München geflüchtet. Ich dachte, ich könnte wieder im Hotel arbeiten. Aber ich war krank, traumatisiert, konnte nichts essen, wog nur noch achtundvierzig Kilo, bei meiner Länge! Niemand wollte mir Arbeit geben, bald gehörte mir nur noch die Vergangenheit ...«

Leonie schwieg erschöpft. Sie atmete tief durch und sagte, dass sie es so machen sollten, wie Ophelia vorgeschlagen hatte. Aber sie gab zu bedenken, dass Ophelias Mann sicher vermisst werde, und zwar bald. »Deine Eltern werden dich fragen, jede Menge Leute aus seinem Umfeld. Was willst du denen erzählen? Vor allem der Polizei?«

»Davor habe ich keine Angst,« sagte Ophelia ruhig. »Meine Eltern wissen, dass Christof mich ständig betrogen hat, dass seine derzeitige Freundin sogar in unserem Haus am Chiemsee wohnt. Ich werde ihnen und der Polizei sagen, dass wir wieder einmal gestritten haben, Christof und ich. Dass ich die Scheidung will und den Kleinen. Und dass er ausziehen soll aus meinem Haus und seine Freundin gefälligst auch aus unserem Bauernhaus. Und dann werde ich erzählen, was tatsächlich passiert ist:

Wir seien abends bei einem Empfang seiner Bank in der Residenz gewesen, seine Freundin sei mit ihrer Clique auch dort herumgelaufen, sodass ich auf der Stelle nach Hause wollte. Christof kam mir hinterher, und im Auto habe ich ihm eine Szene gemacht und ihm gedroht, dass ich das Sorgerecht für Tobias allein will. Da wurde er plötzlich friedlich und sagte, wir sollten das in Ruhe besprechen, an einem Ort, wo wir ungestört seien und so, und ehe ich es richtig begriffen hatte, waren wir auf dieser einsamen Straße, und er begann wieder, mich anzuschreien und mir wegen Tobias zu drohen. Ich habe gebrüllt, dass ich mein Kind niemals ihm und einer gewissenlosen Frau überlassen werde, und er solle mich und Tobias künftig in Ruhe lassen. Den Rest kennst du …«

»Aber das kannst du weder der Polizei noch sonst jemandem erzählen,« sagte Leonie panisch, doch Ophelia beruhigte sie. »Christofs Chef ist mir in der Tür zur Residenz begegnet, ich musste mich mit ihm unterhalten, und da kam Christof, mimte den zärtlichen Gatten, der seine Frau heimbringt, weil der kleine Sohn Fieber hat – also weiß die ganze Bank, dass wir heimgefahren sind, Christof und ich. Und was kann ich dafür, dass er mich nur abgesetzt hat und wieder zu seiner Freundin gefahren ist. Oder sonst wohin, jedenfalls habe ich weder ihn noch seinen Wagen wiedergesehen.«

Sie räumten den Rucksack und die Karre in den Kofferraum und fuhren zurück in die Stadt, zu Ophelias Haus am Blütenring, das im Schein der Straßenbeleuchtung wie eine schützende weiße Burg dalag. Ophelia erklärte Leonie ausführlich alle Leuchtziffern des Armaturenbretts und zeigte ihr die Autopapiere und den Fahrzeugschein im Handschuhfach.

In Leonie breitete sich langsam ein warmes Gefühl der Sicherheit aus. Ophelia war stark, sie würde mit der Polizei klarkommen. Sie und ihr kleiner Sohn gehörten vielleicht einmal zu Leonies Zukunft. Und außer der Streusandkiste hatte Leonie nichts zu verlieren.

Meinetwegen mit Manja

Protokoll aus Berlin Ost, Oktober 1989

Mein Bett riecht noch nach dir. Ich hab noch deine Küsse im Mund. Deine Hemden in meiner Wäsche. Oder war alles nur geliehen?

Seit gestern bist du fort. Seit Jakob immer dein Jackett anziehen will, weiß ich es. Als ich, Jakob an der Hand, die anderen in der Stargarder Straße treffe – Katja und Hacki, Jens und Jutta –, da sage ich, Tom ist weg. Manja ist auch rüber, sagt einer, der dazukommt. Also Manja. Niemand redet, aber die Blicke flattern um Jakob und mich wie Schwalben vor dem Gewitter.

Wir wohnten zusammen, aber ich hatte keinen Platz in deinem Leben. Ich habe kein Kind von dir. Du sagtest immer, dein Jakob reicht für uns beide. Schöner Trost. Für Jakob ist es hart. Morgens, im Kindergarten, folgt mir sein Blick. Am Abend wartet er schon bang vor der Tür. Keine Angst, sage ich, ich gehe nicht weg.

Verliebt, wie ich war, hatte ich in seinem kleinen Gesicht Ähnlichkeiten mit dir gesucht. Weil alle »Ganz der Vater« sagten. Und du, du hast mit dem Gedanken an Flucht gespielt statt mit Jakob.

Manja also. Wie lange schon? Die Bücherbringerin. Kollegin am Institut. Biochemie. Eine Sprache, die ich nicht verstehe. Kollegen, die ich nicht kenne. Geschichten, die nur euch gehören. Und immer auf Züge aus westlicher Richtung aufspringen. Die Bundesrepublik. Dürfen wir uns diesen

Lebensstandard wünschen? Kann doch gar nicht so viel produziert werden, dass es für alle reicht.

Du und ich. Wir hatten die harten Zeiten. Den real existierenden Sozialismus. Satt. Mein Ausreiseantrag ist so alt wie Jakob. Ehe ich dich traf, bin ich jede Woche aufs Amt gerannt. Jedes Mal haben sie mich korrekt abgewiesen. Doch die Augen wurden kälter. Dann stützte einer die Hände auf den Tisch und schrie: Wenn jetzt nicht Ruhe ist, entziehen wir dir dein Kind. Du bist nicht in der Lage, dein Kind zu einer sozialistischen Persönlichkeit zu erziehen.

Mit seinem Geschrei in den Ohren habe ich den Antrag zurückgezogen. Neun Monate war ich arbeitslos. Obwohl es bei uns keine Arbeitslosigkeit gibt. Ohne Facharbeiterbrief, nur fünf Semester Orientalistik, damit bist du hier nichts. Vierzehn Bewerbungen. Verweigert. Immer gab es den gerade gelöschten Ausreiseantrag.

Wegen Jakob wollte ich ein Fernstudium. Ja, sagten sie, wenn du in die Partei eintrittst. Dann bekam ich die Stelle im Verlag. Sekretärin. 600 Mark bleiben im Monat, und da ist das Kindergeld für Jakob schon drin. Schlechter kann es nicht mehr werden.

Zu meinen Eltern? Nein. Zu Jakobs Vater? Nie.

Ich begann, allein mit Jakob zu leben. Begann, auf meinem Unglück, auf meiner Einsamkeit zu bestehen. Meine Wohnung, Fehrbelliner Straße, fünfundsechzig Mark Miete, ich zog um sie eine Hecke von Rosen. Haushoch. Keiner sollte mich wachküssen. Jakobs Vater war weit weg. Ich wusste nicht mehr, warum ich mit ihm zusammen gewesen war.

Doch. Jakobs wegen.

Und du? Du brauchtest nicht einmal fünf Minuten, um in mich einzuziehen. Unsere Kleider ringelten sich um unsere

Füße. Du legtest mich um deine Schultern. Tarzan. Und mir fiel plötzlich wieder ein, dass ich lebte.

Ich sah dich am Morgen. Beschnupperte dich. Deine Haut roch wie Pudding. Vanille. Der einzige, den ich mochte. Dein Mund entschied über Tag und Nacht.

Du wurdest immer liebevoller. Nichts kann uns trennen, sagtest du. Warum musstest du das sagen? Kamst du zurück von einer Reise, sagtest du, ich hab mich nach dir gesehnt. Warum bist du dann so oft verreist? Oft war ich allein mit Jakob.

Und wo warst du, als ich zum Geburtstagsfest eingeladen war? Wo warst du in der Nacht vom 7. auf den 8. Oktober?

Ich wollte Katja und die anderen vor Gethsemane treffen. Am S-Bahnhof Schönhauser Allee wuchsen plötzlich Vopos aus der Erde. Sie schrien, stehen bleiben, ihr Schweine! Sie kreisten uns ein. Trieben uns auf Militärlaster. Wir hielten uns aneinander fest. Augen. Münder. Wut.

Wir fahren. Einer ruft, Immanuelkirchstraße. Rummelsburg. Alles voll, ruft einer. Weiter. Marzahn, Vopo-Inspektion. Die Polizisten schreien. Kommste kommste, schneller, schneller, ihr seid zu doof zum Ficken.

Sie reißen uns am Arm vom Lkw, im Fallen sehe ich Katja. Mensch, haste dir … Eine Polizistin reißt Katja weg, stellt sie mit anderen an die Wand einer Garage. Ich muss rüber auf die gegenüberliegende Seite. Tritte treiben mir die Beine auseinander. Arme an die Wand, Finger gespreizt. Gummiknüppel klatschen auf alles, was sich bewegt. Ausweise her! Die nächste Frau steht zwei Meter weiter. Dein Knie blutet, sagt sie. Gummiknüppel. Schnauze! Hier reden nur wir.

Im Rücken ihre Stimmen: Das müsste man jeden Tag mit

denen machen. Aufhängen sollte man die, ab sofort jeden aufhängen, der sich muckst.

Die Polizisten hatten es endlich einmal gut. Opfer lastwagenweise. Keine Vorsicht, keine Nachsicht. Kein Tanz auf Paragraphen. Hier, an den Garagenwänden, in den Kellern waren allein sie das Gesetz. Brauchten kein Fingerspitzengefühl, nur Knüppel. Kurzer Prozess mit dem Widerstand gegen die Staatsgewalt.

Mein Knie blutet stark. Mir wird schlecht. Mach keene Faxen, ja! Eine Polizistin in Zivil, Pistole unterm Pullover, Gummiknüppel in der Hand, leert mit der anderen Hand meine Taschen aus. Geldbörse. Hausschlüssel, Lippenstift, Kamm. Einer redet über meine Frisur. Und ob ich untenrum auch so aussehe. Sogar meine Schnürsenkel wollen sie. Jacke aus, Pullover, Hose, Slip. Alles wird grau unter ihren Händen. In die Hocke, los, dalli!

Warum spucke ich ihr nicht ins Gesicht? Warum schlage ich ihr nicht die gelben Kunstzähne ein? Anziehen. Mitkommen. Eine Halle. Stühle. Endlich sitzen. Dann das Verhör. Ich sage, Jakob. Mein Kind. Vier Jahre, allein. Eine andere Frau beginnt zu schreien. Mein Baby, es war die ganze Nacht allein, und jetzt ist schon wieder bald Nacht. Sie will wegrennen. Ein Polizist – angetrunken? – schlägt sie so lange, bis sie im Gang liegen bleibt. Wir schreien aus unserer Zelle. Da bringen sie sie zurück. Die Hände auf dem Rücken gefesselt.

Du. Warst du in dieser Nacht bei Manja?

Bei Jakob warst du nicht. Nach achtundzwanzig Stunden kam ich heim. Nichts war mehr so wie vorher. Ich gehe wieder mit den anderen auf die Straße. Heute und morgen. Jetzt erst recht. Wir gehen auf die Straße und nicht in den Westen. Unterschätze nicht die, die uns gestern noch getreten haben. Sie sind alle noch da. Doch wir wollen nicht, dass sie unsere Probleme ohne uns lösen.

Deshalb – komm zurück. Mach hier mit. Meinetwegen mit Manja.

Sieg und Niederlage

Das Zimmer ist verdunkelt, ich habe die Jalousien heruntergelassen, nicht ganz, nicht korrekt, wie ich überhaupt niemals etwas wirklich richtig mache, und jetzt malt jedes vorbeikommende Auto Lichtbahnen an die Wand, die wieder verschwinden. Von der Laterne vor dem Haus fällt ein anderes, bleibendes Licht durch die Jalousie, das mich ängstigt, zumal ich, wenn ich mich aufrichte, um an der Wand zu lauschen, mich selbst im Spiegel sehe und mich darin zu verlieren drohe, und so irre ich immer tiefer in mir herum, wie in einer labyrinthischen Sackgasse.

Das, was heute Nacht geschieht, kann vermutlich nur jemand heraufbeschwören, der so unberechenbar ist wie ich, unzuverlässig in seinen Gefühlen, die mich heute dieses empfinden lassen und morgen das genaue Gegenteil davon. Wahrscheinlich ist das einer der Gründe dafür, dass Frederik heute Lotta geheiratet hat und nicht mich, die er in Wahrheit will. Ich allein bin dafür verantwortlich, dass er jetzt, Wand an Wand mit mir, meiner Schwester das Hochzeitskleid aufknöpft, und ich höre Lotta stöhnen, weil sie weiß, das gehört dazu, und auch, um sich selbst in Schwung zu bringen, was nach einem Hochzeitstag ohnehin nicht einfach ist. Ich kenne Frederiks Gesicht wie kein anderes; wenn er beim Liebemachen die Brille abnimmt, ist für Sekunden etwas Hilfloses um seine Augen, das ihm aber ausnehmend gut steht und mich aufwühlt, jedes Mal neu. Er ist überhaupt der einzige Mann, der mich schon durch seinen Anblick, durch ein bei ihm seltenes, unbekümmertes Lachen, durch einen angedeuteten Handkuss für meine sich in der großen Welt wähnende Mutter, durch sein lässiges, aber doch auch linkisches Gebaren in seinen Vorlesungen so hinreißt, dass ich ihn vor Gott und der Welt zu Boden ziehen, mich rittlings auf ihn setzen und in dieser seiner Lieblingsposition alles vergessen möchte – vor allem aber Lotta, meine Schwester, die zu heiraten ich höchstpersönlich Frederik vorgeschlagen habe.

Neben mir liegt mein eigener Ehemann auf dem Rücken und schnarcht. Da er immer auf dem Rücken schläft, schnarcht er auch immer, zwar nicht ganz so laut wie meine Mutter, die rundum vom Chirurgen erneuert und noch sehr schön ist, aber schnarchen tut sie wie ein Allgäuer Ross. Von dort kommt sie nämlich, aus dem Allgäu, aus dem hintersten Altusried, wo der Wind einen ohrfeigt und sehnsüchtig nach München werden lässt. Durch die Heirat mit meinem Vater, der den Jahren nach auch ihr Vater hätte sein können und den, glaube ich, ihre Jugend betört hat, da er als hoher Forstbeamter der bayerischen Staatsregierung eher für nötige Reformen im Forstwesen bekannt war als für sentimentale Neigungen – also dieser von mir sehr bewunderte und wahrscheinlich auch vergötterte Vater nahm in einem Anflug von Verwirrung meine Mutter zur Frau, die ihre Allgäuer Rossnatur hinter läppischem Kleinmädchengehabe versteckte, bis heute!, obwohl sie schon fünfundfünfzig ist und mein Vater lange tot.

Lotta war neun und ich dreizehn, als ein Gehirninfarkt meinen Vater innerhalb eines Tages aus unserer Mitte riss, wie es in den Traueranzeigen formuliert wurde. Meinen Vater riss wohl wirklich ein wahnwitziger Kopfschmerz, der ihn urplötzlich angefallen haben muss, von seinem Stuhl; ich glaube, das Zimmer erzitterte ein wenig, als er auf dem Boden aufschlug und liegen blieb. Stille. Wir hatten, wie immer sonntagmorgens, am Frühstückstisch gesessen, Mutter plapperte über ein Kleid von Yamamoto, das sie bei Teresa gesehen hatte: »Glaub mir, Carl Christof«, sagte sie wie immer, als handelte es sich um eine Sache von Bedeutung, »glaub mir, Carl Christof, es ist schlicht wie ein Shirt, aber den Rock müsstest du sehen, den Rock! Einfach genial, so was kann er, der Yamamoto« – da kippte Vaters Kaffeetasse um, Mutter schaute tadelnd, verstummte endlich, um ungläubig auf den Boden zu starren, wo Papa lag und so erschrocken aussah, wie ich ihn noch nie gesehen hatte. Ein wenig von diesem Ausdruck hat auch Frederik, wenn sich im Laufe unserer Vereinigung seine Muskeln anspannen, besonders die im Becken, wenn Frederik so tief und warm in mich eindringt, dass ich immer wieder davon überrascht bin, aufs Lustvollste natürlich, und jedes Mal, wenn ich in der aufgeschwollenen Halsader den Puls klopfen sehe, wenn ich fürchte, dass der stoßweise Atem Frederiks ihm mal die Luft wegnimmt und er tot über mir zusammenbricht, was mir beträchtliche Scherereien einbringen würde – wenn ich also all dies fürchte und nebenbei noch mit meiner eigenen nicht unbeträchtlichen Lust beschäftigt bin, dann beobachte ich an Frederiks Mimik im Moment des Kommens ein kurzes Erschrecken, das ich damals in viel stärkerem, tödlichem Ausmaß bei meinem Vater wahrgenommen habe.

Lotta kennt meinen Vater vor allem aus meinen Erzählungen, meine Mutter hat überhaupt nur durch ihn existiert, ob sie ihn aber gekannt hat, möchte ich bezweifeln. Weder Lotta noch meine Mutter waren meinem Vater wirklich nahe, zumindest nicht in der Weise, wie mein Vater und ich uns nahe waren. Immer schon habe ich gespürt, dass er mich am liebsten hatte von seinen drei Frauen, ja, dass in Wahrheit ich seine Frau war. Papa hat es nie ausgesprochen, aber ich konnte es immer wieder spüren, dass er sich zurücknehmen, sich fast schon Gewalt antun musste, um mir nicht immer wieder zu zeigen, dass ich ihm die Liebste auf der Welt war, die Allerliebste. Wäre der Mann, der neben mir schnarcht, nicht ein von Vater geförderter junger Freund gewesen, hätte ich ihn niemals auch nur angesehen. Dass ich ihn sogar geheiratet habe, dahinter steckt meine Mutter. Sie hat das Geld meines Vaters ihrem Cousin anvertraut, einem Börsenmakler, der es in kurzer Zeit verspekulierte, sodass wir auch noch unser Haus verloren, es aber praktisch zurückbekommen haben, weil wir es an meinen künftigen Mann verkauften, mit dem ich jetzt im Elternhaus lebe, ebenso wie meine Mutter, meine Schwester und nun auch Frederik.

Obwohl Frederik für seinen letzten Roman einen bedeutenden Literaturpreis bekommen hat und er ohne weiteres auch von seiner Professur an der Leipziger Universität leben könnte, war es sein Wunsch, mit Lotta in unserem Haus zu wohnen. Lotta war sofort einverstanden, sie hat Angst vor dem Eheleben. Eigentlich ist sie ja nicht auf den Kopf gefallen, aber sie ahnt nicht, dass Frederik bei uns wohnen will, um mir nahe zu sein. Lotta weiß ebenso wenig, dass er heute in der Kirche eigentlich mir das Jawort gegeben hat und nicht ihr.

Aus all diesen und noch vielfältigeren Gründen liege ich jetzt hier, im Ohr das Schnarchen Willems, meines Ehemannes, den meine Mutter mir angedreht hat, weil sie es immer verstand, Papa, Lotta und mich zu erpressen. Besonders mir gegenüber machte sie einen gewaltigen Anspruch geltend, ständig rechnete sie mir vor, was sie alles für mich tat, sagte, dass ich ihr dankbar sein müsse, ihr, die im windumtosten Altusried die härteste Sklavenarbeit hätte tun müssen seit ihrer Kindheit, während ich von morgens bis abends keine Pflichten kannte, verwöhnt sei von einem liebesblinden Vater und keine Ahnung vom wahren Leben hätte, jede Ernsthaftigkeit vermissen ließe und vor allem jede Noblesse, die wir doch eigentlich unserem Adelsnamen schuldig wären, unserer Erziehung, Lottas und meiner, auf die unsere Mutter unter Hintanstellung eigener Wünsche und einem gehörigen Maß an Freiheit so viel Sorgfalt und Geld verwendet habe, ja, sehr teuer sei unsere Erziehung gewesen, ich solle doch nur an das Jahr in der Schweiz denken, an Lausanne und im Besonderen an Vevey, wo unsere Mutter uns allabendlich Rousseau vorgelesen habe, *Nouvelle Héloïse*, und ob denn alles umsonst gewesen sei, das frage sie sich immer wieder, vor allem im Zusammenhang mit meinem unvernünftigen, manchmal sogar anstößigen Gebaren, denn offenbar fehle mir jedes Gefühl für Stil, mit dem ja auch immer Eleganz einhergehe, und ich schiene darauf auch noch stolz zu sein.

Wenn ich mich nicht änderte, heulte sie einmal, würde ich es noch bereuen, spätestens dann, wenn sich meine Mutter wegen der Undankbarkeit und des schlechten Charakters ihrer Ältesten werde umbringen müssen. Meine Mutter erklärte allen Ernstes, ich solle ihr die kurze Zeit, die sie noch zu leben hätte, nicht durch meine Ungezogenheit beschweren. Dabei ist sie mit ihrer Rossnatur die Gesündeste von allen.

Viel mehr Sorgen mache ich mir um Frederik. Erst neulich hatte er eine Lungen- und Rippenfellentzündung, die

Antibiotika notwendig machte, und Lotta durfte sich um ihn kümmern – aufopfern nennt man das, glaube ich, was Lotta da veranstaltete. Es ging ihm auf die Nerven, und wenn wir allein waren, seufzte er, ach, Caro, Caro, Caro, Caro.

Nebenan ist es so still – oder überdecken die Schnarchtöne von Willem, was im Hochzeitszimmer passiert? Auf keinen Fall hat Frederik das Schauspiel unserer ersten gemeinsamen Nacht mit Lotta wiederholt. Entweder hat ihn, der im Gegensatz zu mir über ein sicheres Stilgefühl verfügt, ebendieses Stilgefühl davon abgehalten, weil er ja weiß, dass unsere Schlafräume nebeneinanderliegen, oder er hatte einfach nicht die überbordende Lust, die ihn angesichts meiner entsprechenden Blicke in einen archaischen Jäger verwandelt, der sich seine Beute über die Schulter wirft und mit ihr einen heimlichen Ort sucht, wo er sie sich ungestört einverleiben kann. Weder mein Ehemann noch der eine oder andere, von dem ich nicht reden will, hat mich je über die Schulter geworfen und danach auf die Matratze. Ich bitte meine noble Mutter um Verzeihung, denn sicherlich ahnt sie nicht einmal, wovon ich rede.

Jedoch – von einem Mann über der Schulter getragen zu werden ist eigentlich unbequem, um es einmal vornehm auszudrücken, in Wahrheit ist es ein verdammt blödes Gefühl, aber man ahnt ja, welchen Sinn und Zweck das Treiben hat, und da Männer bekanntlich auch Kinder sind, liegt man also geduldig auf der Schulter, lässt sich Treppen raufschleppen, noch eine und noch eine, und sehnt sich also aus vielen Gründen nach der zu erwartenden weichen Unterlage; aber ich kann sagen, es hat sich gelohnt. In mir ist ein unstillbares Lachen aufgestiegen, erst war es ein Kitzeln, ich wollte gar nicht lachen, weil ich das Ganze ja eigentlich blöde fand, aber das Kitzeln im Bauch war stärker, und durch die Erschütterung einer jeden Treppenstufe stieg das Lachen höher, und schließlich brach es aus mir heraus, und Frederik lachte auch, und als er mich endlich in seine Wohnung im dritten Stock hochgeschleppt hatte, in die Drei-Zimmer-Maisonnette-Wohnung, die Lotta für Frederik gesucht hatte, um ihn für sich zu erwärmen – als ich in dieser Wohnung auf dem Bett lag, endlich, da dachte ich an Lotta, an ihr emsiges Studieren der Wohnungsangebote, und ich musste noch mehr lachen, und Frederik, der meine Gedanken nicht kannte, umschlang mich, und wir lachten in die Haut auf unseren Nacken und in unsere Haare und in die Gerüche aus beidem, und Frederik rollte mich herum und wieder herum, und dabei zog er mich aus und ich ihn, und ich dachte, dass Lotta für Frederik zehn Paläste suchen und ausstaffieren könnte, sie wären doch nur dazu gut, unser Lachen und unsere Lustschreie zu beherbergen.

Von nebenan ist jedenfalls kein Laut zu hören, der auf eine Jagdszene wie die von mir geschilderte schließen ließe. Nicht dass ich sie Lotta nicht gönnen würde – ach was, natürlich gönne ich sie ihr nicht. Von Herzen nicht. Auch wenn ich meine kleine Schwester liebe, wem sonst hätte ich meinen Mann geschenkt, den einzigen, wahren, wenn nicht ihr, meiner armen kleinen Lotta. Sie rührt mich an. Bisweilen, in meinen weichen Momenten, sogar tief. Sie hat einen Mund, wie ich ihn eigentlich auch gern hätte, hochgeschwungen, voll.

Lottas Augen sind so grün, wie meine braun sind, ich wäre auch nicht ungern blond und zierlich wie sie, aber Frederiks Schwester, der Frederik ein Foto von Lotta und mir gezeigt hatte, tippte sofort auf mich und sagte, ich sei doch wohl die Braut, denn Frederik habe ja immer für die großen Brünetten Augen gehabt. Frederik sagt, er finde uns, Lotta und mich, nicht unbedingt schön im Sinne des Schönheitsideals unserer Zeit, aber wir seien anziehend und originell, weil wir ihm souverän schienen, bereit zum Glück, und außerdem seien wir gebildet, würden recht hübsch Klavier spielen, hätten also derart viele Vorzüge, dass es ihm fast unwahrscheinlich vorkäme.

Ich wünschte mir, Frederik hätte in seiner Aufzählung hinzugefügt, dass ich Romane schrieb, Essays für Feuilletons, auch wenn ich nicht im Mindesten den Rang Frederiks hatte, der zu den wichtigsten Dichtern der Zeit zählte, während mein Bekanntheitsgrad sich auf einen engen Radius beschränkte, auf die Region, um genau zu sein.

Frederik ist ein so großer, phantasiereicher Geist, wie mir noch nie einer begegnet ist. In den in seinen Werken geschaffenen Landschaften möchte ich leben. Für immer. Meine Wahrnehmung vertieft sich bei der Lektüre, Schmerz dringt in mich ein, frisches Blut quillt, warm und grausam. Alles wäre jetzt möglich, Tod durch Ertrinken, vorsätzlich, Tod durch Worte, Tod durch Noblesse. Dieses von meiner Mutter ständig vergewaltigte Wort, dessen ich überdrüssig bin wie der falschen antiken Möbel, die unser Haus ersticken, dieses Wort, das mich zurückweist in meine leere, bleiche Welt. Meine sinnlosen Ausbrüche. Weit weg von Frederik sitze ich auf klar umrissenen, kalten Steinen und bin mir selbst fremd in meiner Begrenztheit. So viel dunkel schäumende Wut. Ich brenne vor Ungeduld, vor Schreiblust, bleibe aber unproduktiv. Von Frederik fließt Energie in meine Arbeit, hin und wieder, aber sein brillanter, geschliffener Stil, die Eleganz und Leichtigkeit seiner Sprachbilder machen mich verletzlich, paranoid, ich verfluche die kahle, trostlose Landschaft in mir, den lächerlichen Funken meines Willens.

Obwohl Frederik meine Romane liest, sie mit Einschränkungen sogar positiv beurteilt, ist er nicht bereit, seine Meinung über Arbeiten von mir öffentlich zu machen. Man würde sich den Bauch halten vor Lachen, wenn ich dich rezensierte, wo alle Welt weiß, dass ich im Hause Lengefeld aus und ein gehe, sagt Frederik, wenn ich wieder mal wütend bin und enttäuscht, dass die Großmogule unseres Literaturbetriebs ihre Suchstrahler nicht auf mich richten.

Frederik und ich sprechen oft über Dichtung. Über die Künste. Was für eine Funktion haben sie eigentlich in unserer Welt? Im Gespräch mit Frederik fühle ich mich kreativ, und Frederik stellt sich meinen Fragen. Können Dichter zum Gelingen des Lebens überhaupt etwas beitragen? Beeinflusst die Kunst den Menschen? Und so weiter …

Gespräche dieser Art könnte Frederik mit Lotta niemals führen. Lotta spielt zwar ausgezeichnet Klavier, doch hat die Musik bei ihr nicht dazu geführt, sich auch anderen Künsten zuzuwenden. Lotta und Mutter schmücken unser Haus mit Blumen, als wäre es eine Wöchnerinnenstation. Lotta besteht darauf, den Garten selbst zu betreuen, sie kann Bäume beschneiden und fremde Triebe auf Zweige aufpfropfen, sie reißt das Unkraut, das bei uns wuchert, mit entschlossenem Griff aus, und neulich hat sie mit Willems Hilfe sogar einen Teich angelegt. Nun schaut sie den beiden Enten zu, die vom nahen Kanal zu uns in den Garten gekommen sind und brüten. Lotta verjagt die Katzen und hat für unsere ewig betrunkene Nachbarin Verständnis, die im Garten Schunkellieder singt und zuweilen krachend gegen den Zaun fällt.

Lotta spricht nicht nur gern über Gartenpflege, sondern auch über Kochrezepte und Wohnkultur, Frederik dagegen liebt Diskussionen über Literatur, Philosophie und bildende Kunst. Er malt gelegentlich, reist zu Ausstellungen und liest viel über Malerei.

Als er noch nicht offen um Lotta warb, schrieb er uns beiden (sic!) Liebesbriefe, fragte uns, wie wir geschlafen hätten, ob unser Kopf schon frei sei, ihn, Frederik, zu ertragen. Wenn ja, komme er auf der Stelle vorbei, ihm sei danach, mit uns den Tag zu verschwatzen, zu lesen und sich mit uns zu freuen, dass wir zusammen auf der Welt seien. Frederik erklärte mir, er habe noch niemals zwei Frauen getroffen, die ihm wie für ihn geschaffen erschienen. In mir ist kein Wunsch, sagte Frederik, den ihr, Lotta und du, nicht erfüllen könntet.

In einem Brief aus Texas, wo er an einer Universität Vorlesungen hielt, schrieb er: »Liebste Caro, liebste Lotta, haltet mich nicht für exaltiert, aber ich sehe Euch hier überall auftauchen, in den Vorlesungen, auf dem Campus, Ihr sitzt in dem Cadillac, den ich jetzt fahre, und geht mit mir in die Mall, wo wir einkaufen, als hätten wir in Old Germany keine Supermärkte. Ich bin schon wieder mit meiner Rückkehr zu Euch beschäftigt, und in dem Moment, wo ich Euch schreibe, seid Ihr bei mir in meinem geschmacklos eingerichteten Apartment. Du, Caro, sitzt am Klavier, Lotta hat Blumen gekauft und ordnet sie in Vasen, und in dem Spiegel, der über dem Tisch hängt, sehe ich Euch beide. Immer wieder muss ich mir sagen, dass es Euch gibt, für mich gibt, dass ich Euch habe und nichts und niemand mir Euch wegnehmen kann …«

Mutter, die von alldem nichts ahnte, begann bald, Lotta Vorwürfe zu machen, weil die aus ihrer Sicht nicht weiterkam mit Frederik. Wie lange bleibt er noch in diesem Texas? Was ist denn nun, heiratet er dich oder nicht?, wollte Mutter immer von Lotta wissen, doch die hatte selbst keine Ahnung, denn ich gab ihr Frederiks Briefe natürlich nicht. Lotta wusste lange nicht, dass Frederik wieder in Deutschland war, das sollte sie auch nicht wissen, denn Frederik hatte zu der Zeit gerade sein intensives Verhältnis mit mir begonnen und konnte sich einfach nicht auf eine Heirat mit Lotta konzentrieren. Mein Gott, Mutter – sie hatte keine Ahnung, sie hatte tatsächlich keine Ahnung, dass ich noch nach Frederik roch, wenn sie die arme Lotta in meiner Gegenwart ausfragte, ob Vonnes denn nun gar keine Anstalten mache, ob er immer noch in die Geschichte mit dieser adeligen Kuh verstrickt sei, und wenn sich nicht bald etwas tue, werde sie dafür sorgen, dass Lotta für eine Weile zu unserer Tante Wolzogen verreise, dann könne Frederik Vonnes ja ungestört darüber nachdenken, was er denn nun wolle. Aber hier im Hause ein und aus zu gehen wie der eigene Sohn und dann keine klaren Verhältnisse zu schaffen, das zeuge nicht von Noblesse, und das ließe sich eine Luisa Lengefeld nicht gefallen.

Doch heute war Mutter am Ziel. Die ältere Tochter gewinnbringend verschachert, die jüngere mit einem zwar nicht direkt wohlhabenden, dafür aber umso berühmteren Mann verheiratet. Wie sie heute in der Kirche stand, meine Mutter, im grauen Armani-Kostüm und in Schuhen von Prada, das Gesicht frisch mit Collagen unterlegt, hätte sie auch noch einen Bankier als zweiten Ehemann verdient, einen Großindustriellen oder wenigstens einen Gynäkologen. Dann würde sie es besser ertragen, wenn ich demnächst die Scheidung von Willem einreichte. Was soll ich noch mit ihm? Wir sind füreinander die Falschen. Dieser falsche Geruch steht zwischen uns, wie sollen wir einander noch berühren? Jede Nacht, wenn ich seinen schnarchenden Atem höre, möchte ich hinausgehen und den Mond anrufen, während drinnen der falsche Geruch immer stärker wird und ein Zurückkommen schwer macht. Außerdem habe ich nicht die Absicht, mir jede Nacht Gedanken darüber zu machen, ob mein Liebhaber jetzt mit seiner Frau, meiner Schwester Lotta, schläft oder nicht, und wenn ja, in welcher mir vertretbar erscheinenden Weise.

Heute, als Trauzeugin meines Geliebten, habe ich mich gefragt, ob ich denn von allen guten Geistern verlassen war, als ich meiner liebenswerten, aber völlig unbedarften Schwester diesen Mann eingeredet habe. Ja, ich war es, die Lotta geraten hat, Frederik zu heiraten. Ich wollte ihn mir sichern, wenigstens in dieser Form. Und jetzt begreife ich mich selbst nicht mehr. Schließlich bin ich intelligent, gebildet, begabt, ich kann Männer und Frauen gleichermaßen bezirzen, außer meine Mutter, und doch fehlt mir das Einfachste, das Selbstverständlichste. Da, wo ich glaubte, unabhängig und unverletzbar zu sein, wo ich mit Frederik, Lotta und mir spielte wie mit bunten Seifenblasen, da habe ich nicht bedacht, dass Lotta vielleicht Frederik auf andere Weise anrührte, auf eine sehr weibliche, altmodische Weise nämlich.

Einmal befragte Lotta Frederik, ob ich ihm mehr bedeute als sie selbst, ob er sie, Lotta, überhaupt brauche, und ich erschrak, fragte mich, wie viel Lotta wusste. Ich glaube, dass Frederik regelrecht erschrocken war, er versicherte Lotta jedenfalls glaubwürdig und eilig, seine Gefühle seien so beschaffen, dass er Lotta nichts vorenthalten wolle, was er mir gebe. Er fühle sich an uns beide gebunden, er sei glücklich, sich frei zwischen uns bewegen zu können, und so komme er voller tiefer Gefühle von mir zu Lotta und umgekehrt. Ich konnte Frederiks Geistesgegenwart nur bewundern. Und es kam noch besser.

Es ist, als sähe ich eine Frau in verschiedenen Spiegeln, hat Frederik zu Lotta gesagt, die wahrscheinlich kein Wort von alldem verstand, und dass ich ihm näher wäre, weil ich nur zwei Jahre jünger sei als er, während Lotta, um sechs Jahre von ihm entfernt, naturgemäß nicht die gleichen Gefühle und Gedanken haben könne wie er und ich. Caro kann mehr Empfindungen in mir zum Sprechen bringen als du, hat Frederik Lotta erklärt, schon weil Caro auch schreibt, und er wünsche sich keineswegs, dass das anders werde, Lotta solle nur so bleiben, wie sie sei, genau so. Was Caro dir voraushat, Lotta, wirst du von mir bekommen, du wirst dich in mir entfalten, du wirst mein Geschöpf sein.

Das habe ich begriffen, als ich heute hinter dem Brautpaar stand, Lottas Schleier ordnete und dezent ein braunes Haar von Frederiks Kragen entfernte. In diesem Moment drehte sich Lotta zu mir um. Ihre grünen Augen sprühten von einem Selbstbewusstsein, das ich nie zuvor an ihr gesehen hatte. Ruhig stand Lotta neben Frederik, neben diesem bislang in vielerlei Hinsicht nur mir gehörenden Frederik, und ich wusste, dass ich, mit wem auch immer ich mich in Zukunft zusammentun würde, nur noch die zweite Wahl hatte. Journalisten der verschiedenen Zeitungen saßen in den Kirchenbänken und warteten vor dem Eingang auf das Brautpaar. Sie berichteten über die Heirat des jungen, bedeutenden Dichters, das Fernsehen war mit mehreren Sendern vertreten, und neben dem großen, schlanken Frederik mit seinen tiefliegenden Augen, der scharfgeschnittenen Nase über dem weichen Mund, neben diesem attraktiven und dazu noch berühmten Mann ging meine Schwester in ihrem eleganten Brautkleid durch die Kirche und nahm ganz selbstverständlich den Platz ein, der mir gebührte.

Lottas Mitgift für Frederik, das wusste ich in diesem für mich harten Moment, war ihre unbedingte, selbstlose Liebe, ihre Nachgiebigkeit, ihre Ausgeglichenheit. Ihre – auch wenn es mir schwerfiel, es zu denken –, ihre Noblesse. Lottas Mangel an Charakter, den nicht nur ich, sondern auch Frederik an ihr festgestellt hatte, wandelte sich mit diesem Tag in Stärke. Lotta war für Frederik die Ruhe, ich war die Unruhe. Meine Rastlosigkeit, mein Streben nach literarischer Geltung, meine nervöse Reizbarkeit, meine unsteten Gefühle, die ständig wechselnden Pläne und Projekte hatten Frederik veranlasst, Lotta mir vorzuziehen. Lotta, meine kleine Lotta. Ich kann es schwer ertragen, dass sie meine Zukunft leben soll – obwohl ich sie ihr geschenkt habe.

Noch ist mein Mund geschwollen von Frederiks Küssen, doch dieses letzte sinnliche Zeichen unseres Glücks wird bald verschwinden. Ich sehe die anderen wie dunkle Punkte, heute scheinen alle freundlich, niemand hat etwas gegen einen geschwollenen Mund. Nicht einmal meine Mutter in ihrem Noblessewahn. Der Verlust meiner Wahnsinnsliebe lässt meine Gedanken Kapriolen schlagen. Wieder die Zweifel. Wenn ich nun mein Leben lang bereue, dass ich mich Frederik nicht so fröhlich unterworfen habe, wie Lotta es tat?

Es ist tiefe Nacht. Um mich herum ist alles schwarz, ich bin allein, sitze aufrecht in meinem Bett. Sitzengelassen. Ich weiß nicht, wer ich bin, wohin ich gehe. Wie wäre es, wenn ich arbeiten würde, schreiben, den Kopf trainieren, immer und immer wieder? Denken werde ich, wachsen, mich auf den Weg machen. Ich wusste nicht, dass ich schon alles hinter mir hatte – den Sieg und die Niederlage.

Toter Mann

Sie liebte es mehr als alles andere, zu schwimmen. Sie konnte nicht schwimmen. Zumindest nicht so, wie sie gerne geschwommen wäre. Stundenlang konnte sie am Bildschirm Weltmeisterschaften im Schwimmen verfolgen. Schon immer hatte sie eine unstillbare Sehnsucht nach dem Wasser gehabt. Jahre von der Kindheit entfernt, hörte sie noch jedes Mal, wenn sie schwamm, ihren Bruder rufen: »Nicht beten, schwimmen!« War sie jemals wirklich geschwommen? Sie schämte sich, andere zu fragen. Seht doch mal her – kann ich schwimmen? Wenn sie das Meer vor sich sah, wenn die anrollenden Wellen sanft gegen ihre Füße tippten, war es für sie, als wäre sie nicht nur niemals geschwommen, es war, als hätte sie überhaupt nichts erlebt in ihrem Leben, nichts, nichts, nichts, obwohl sie einen Mann hatte und zwei Söhne, die ihr alles bedeuteten. In dem Hotel am Strand von Lignano war sie früher schon gewesen, sie kannte sogar die Hoteliersfamilie, vor allem Liliana, die Besitzerin, und doch erschien ihr die Zeit leer, als hätte sie sich nicht weiterentwickelt, als hätte sie in ihrem Leben keine Erfahrungen gemacht, als wäre ihr alles durch die Finger geronnen, die ganze Zeit.

Am Morgen gingen sie mit den Kindern zum Strand, der aussah wie eine Reihenhaussiedlung in Deutschland. Liegestuhl an Liegestuhl. Und die Männer wurden frühzeitig von ihren Frauen geschickt, um in der ersten Reihe die Handtücher und das Kinderspielzeug zu deponieren. Das gab oftmals Streit, in den weder Hanna noch ihr Mann sich einmischten. Einer der Gäste, er war blind, kam täglich am Arm seiner Frau zum Liegestuhl in der vierten oder fünften Reihe, wo auch Hanna sich meist mit den Kindern niederließ. Die Frau des Blinden beschrieb ihrem Mann jeden Ankommenden bis ins Detail: »Jetzt walzt die Blonde durch den Sand. Die mit den drei Speckrollen am Bauch. Sie war schon wieder beim Eisverkäufer und bei dem Jungen mit den Kokosnüssen, *Fresca, fresca, Cocobello*, obwohl sie gerade erst gefrühstückt hat. Du müsstest sie sehen. In einer Hand die Eiswaffel, in der anderen die Tüte mit den Kokosstücken in Wasser. Ganz hinten sehe ich ihren Mann herankommen. Er ist mit all ihren Taschen beladen. Du weißt, dass der dünn ist wie ein Spargel. Ich glaube, er geniert sich, dass er eine so verfressene Frau hat. Er kommt immer erst, wenn sie schon sitzt.«

Und so schilderte sie ihrem Mann jedes Ehepaar, jede Familie, die zum Strand kam. Sie sprach ziemlich laut. Vielleicht hörte der Blinde ja auch noch schwer. Aber er wandte jedes Mal den Kopf in die Richtung der Ankommenden. Wenn Hanna mit ihren Kindern erschien, erzählte die Frau, dass jetzt wieder die Mona Lisa mit ihren hübschen Bübchen käme. Sie ist nicht schön, sagte die Frau, aber das ist das Beste an ihr, dass sie nicht schön ist. Das habe sie in einem Roman von Walser gelesen, und es treffe genau auf die Mona Lisa zu. »Ich glaube, die Kinder sind auf die Mutter fixiert«, fuhr die Frau dann fort, während der Mann interessiert horchte. »Der Große ist ganz braungebrannt. Er sieht aus wie ein italienisches Kind. Die Deutschen tun immer das Spielzeug weg, wenn er in die Nähe kommt. Sie reden ihn dann auf Italienisch an, diese Idioten. Der kleine

Junge ist ganz still. Der ist ja fast noch ein Baby. Eigentlich sind alle still, die ganze Familie, der Vater auch. Er hat immer eine Tasche dabei, macht Aufzeichnungen. Ich glaube, der arbeitet auch im Urlaub.«

Hanna war nicht besonders erstaunt über die Beobachtungen der Frau. Ihr Erstgeborener war schon bei der Geburt sehr dunkelhäutig gewesen. Ob der Vater Ausländer sei, fragte man Hanna. Einmal hatte Hannas Mutter das Kind stolz ausgefahren, und eine Bekannte hatte wieder die Frage nach dem ausländischen Vater gestellt. Da war Hannas Mutter aber böse geworden. »Mein Schwiegersohn und mein Enkel sind mindestens so deutsch wie Sie!«, hatte sie die Dame angefaucht.

Es stimmte, dass Hannas Söhne still waren. Vielleicht waren Hanna oder ihr Mann zu streng. Wenn Hanna ins Meer ging und hinausschwamm, waren die Kinder unglücklich. Sie liefen ihr hinterher im seichten Wasser und wollten sie nicht gehen lassen. Vielleicht spürten die Kinder, dass Hanna nicht richtig schwimmen konnte. Sie hatte sich angewöhnt, zur Siesta ins Wasser zu gehen, wenn ihr Mann mit den Kindern Mittagsschlaf hielt. Mit jedem Schritt auf dem flachen Strand wuchs ihre Sehnsucht nach dem Wasser und die Sehnsucht nach den Kindern. Sie wollte eine gute Mutter sein, so wie man sie in Filmen und Büchern beschrieben fand. Glücklich waren diese Mütter in erster Linie, außerdem tugendsam, selbstlos und attraktiv. Sie erledigten den Haushalt, wenn die Kinder schliefen, und sie kannten nichts Schöneres, als mit ihren Kindern zu spielen, sie hineinzuführen in das Leben. Hanna war oft verzweifelt, fühlte sich von allem getrennt. Sie wollte auch eine glückliche, immer geduldige und liebevolle Mutter sein. Es gelang ihr nicht. Sie lebte nicht in einem dieser Filme, ihre Wirklichkeit war eine völlig andere. Ihre beiden Söhne hatten mit Hanna nicht das große Los gezogen.

Aus dem Dämmer der Liegestuhlsiedlung, die zur Siestazeit verlassen dalag, ging Hanna ans Meer; sie spürte den nassen Sand an ihren Füßen und das Wasser, das ihr jetzt schon bis zu den Schenkeln reichte. Sie ließ sich hineingleiten und schwamm mit geschlossenen Augen. Sie war nicht mehr müde, sie fühlte Kraft und Gelenkigkeit in allen Gliedern, und die schwere Wärme des Tages ging unter im Salzbett des Wassers, das sie trug und zugleich betrog, denn es war ablandiger Wind, und Hanna wurde so rasch hinausgetragen aufs Meer, dass sie, als sie innehielt, das Ufer nur noch verschwommen sah, nicht mehr wusste, wohin sie zurückschwimmen sollte. Sie hatte die Grenze überschritten.

In der nächsten Sekunde war sie von Panik wie zerrissen, eine wilde, würgende Verzweiflung erfüllte sie und gleichzeitig Wut, dass sie mit einem Mal ein so heftiges Verlangen nach Leben spürte. Sie dachte an ihre Söhnchen, die irgendwo dort hinten im Dunst in einem abgedunkelten Hotelzimmer lagen und schliefen. Ihr Mann würde in einer Stunde mit den beiden wieder hinuntergehen zum Strand, und dort würden die drei auf sie warten. Vergeblich, denn ihr Herz war schon lange nicht mehr bei ihnen. Es schlug hier draußen im Meer und vergrößerte mit jedem Schlag ihre Angst. Ihre Hände, in denen sie manchmal Muscheln für die Kinder gebracht hatte, würden leer bleiben, für immer.

»Zuerst müssen Sie den toten Mann können, schauen Sie, so!«, hatte der Mann im Münchner Dantebad gesagt. Er sei Schwimmlehrer und aus Biberach. Schwimmen könne nur der, der ohne Anstrengung im Wasser liege und nicht untergehe. Biberach, hatte Hanna gedacht, meine langjährige Freundin kommt aus Biberach. Also hatte sie sich auf den Rücken gelegt, und er stützte sie unter den Schultern. Hatte er ihre Brust berührt? Sie stieß ihn fort, glitt nach unten ins Becken, öffnete die Augen und sah zwei Frauen, die stolz auf blauen Schwimmbrettern lagen und mit Flossen an den Beinen das Wasser schlugen wie ein alter Raddampfer. Der Biberacher kam auf sie zu, seine Haare standen grotesk um sein Gesicht. Er zog Hanna an die Oberfläche.

Hätte sie doch bei dem Biberacher den toten Mann gelernt! Warum konnte sie nicht, wie die beiden Frauen, Flossen anhaben und Schaufeln an den Händen! Hanna hatte sich heimlich lustig gemacht, und jetzt bedurfte sie so sehr des Könnens der Frauen und des Biberachers. Das Meer mit all seinem Salz konnte sie tragen. Vom Ufer aus gesehen war das Meer, in dem sie lag, tiefblau. Nicht so türkisfarben wie in Ufernähe, wo das Wasser noch mütterlich war und Hanna nach wenigen Schwimmzügen wieder stehen konnte. Noch schwamm sie, noch trug das Wasser sie, aber sie spürte die Strömung, die Todestiefe unter sich, sie fürchtete, noch weiter aufs Meer hinauszutreiben. Toter Mann, könnte sie jetzt den toten Mann machen! Sie hatte unstillbare Sehnsucht nach ihren Kindern. Die nassen Gesichtchen im Wasser. Die Wasserwimpern. Die kühlen Körperchen. Das Vermissen tat weh. Vor ihr stieg das Bild ihrer Kinder auf, für die sie bald nur noch ein Traum sein würde.

Hanna sah sich um. Ganz hinten in den Wellen ein großes Schiff. Eine Fähre vielleicht. So weit. Die furchtbare Wirklichkeit des Todes um sie herum, das Wasser, unheimlich in seiner Weite und Tiefe; wenn es doch nur ein Ziel gäbe, eine Richtung. Hanna schloss verzweifelt die Augen. Immer noch schien die Sonne. Hanna sah Lichter hinter ihren Lidern tanzen, ihr Dasein, eine einzige Unentschlossenheit, war nun an scinem Ende, sie würde auch ihren Tod nicht fassen können.

»Signorina! Ma che fai? Ti vuoi ammazzare?«

Der Fischer war mit seinem Boot direkt neben Hanna, er beugte sich zu ihr hinunter, half ihr mit seinen sehnigen Armen in sein Boot hinein. Er schien jung, hatte ein tiefbraungebranntes Gesicht und war wütend. Hanna ließ ihn schimpfen, er war im Recht, sie hatte sich grundlos ins Unglück gestürzt. Wegen ihrer pinkfarbenen Bademütze war er überhaupt nur auf sie aufmerksam geworden.

Hanna lag auf dem nassen Holzboden des Bootes, und sie spürte eine Freude in sich, die neu war und nicht zu erklären. Hatte sie nicht gewusst, dass ihre Welt doch wunderbar, wirklich voller Wunder war? Das Leben konnte so groß sein – sie hatte es erlebt. Und alles verdankte sie diesem jungen Fischer – ihren Mann, die Söhnchen, einfach alles.

Die Floßfahrt

Obwohl die Julisonne Wüstenhitze über die Stadt ausschüttete, war Klara bis zum Abend nicht losgekommen aus der Redaktion. Sie hatte wegen des völlig neuen Layouts die Titelgeschichte so stark kürzen müssen, dass sie einfach nicht rechtzeitig an der Isar sein konnte. Sie rief Andrea auf dem Handy an. Es war schon früher Abend, als sie losfuhr, um sich noch ihren Anteil am Sommerglück abzuholen. Andrea und die Kinder würden auf sie warten.

An der Lände bei Maria Einsiedel hoben gigantische Greifer die wassertriefenden Holzstämme der Flöße aus der Isar, um sie in Lastwagen nach Lenggries oder Tölz zu bringen, von wo sie am nächsten Tag wieder losschwimmen würden. Hier stand Andrea mit Mausi und Nina, die fasziniert dem Transport zusahen. Sie wollten überhaupt nicht mehr weg von der Lände. Doch Klara hatte ihnen in einer Tiefkühlbox Eis mitgebracht und versprochen, dass sie ihnen auf der Lieblingsinsel die Geschichte vom Hochzeitsfloß erzählen wird, und jetzt laufen sie den schmalen Pfad an der Isar entlang, die unter der Sonne leuchtend dahinfließt. Schwere Gesteinsbrocken und Inselchen bringen malerisch Unordnung ins weite grüne Flussbett. Zwei Hunde treiben Kopf an Kopf im Alpenfluss und sind offensichtlich in ihrem Element. Nur wenig später folgen ihnen ein junger Mann und ein Mädchen. Sie sind vollkommen nackt, halten sich bei den Händen und schießen so rasch dahin, dass es Klara gefährlich erscheint. Doch Mausi und Nina rennen begeistert ein Stück am Ufer mit. Wenn Menschen und Hunde nicht wären, schiene die Isarlandschaft so ursprünglich wie am ersten Schöpfungstag. Klara liebt die hitzezitternde Luft, die den immer neuen Bildern von Gestein, Gräsern, Blumen und Wasser ein magisches Leben verleiht.

Klaras Lieblingsinsel ist erreicht. Vertraut und verlockend liegt sie in der Isar, die aber zuerst durchschritten sein will. Kritisch begutachtet Klara die schweren Steine des Flussbetts, die unterhalb der Böschung im Wasser liegen. Die Isar ist heute schnell, fast reißend. Die Frauen beschließen, ihre Schuhe anzubehalten, um nicht auszurutschen, doch Mausi und Nina haben ihre schon ausgezogen, halten sie in den Händen und balancieren geschickt zu der kleinen steinernen Insel, auf der sie schon oft gewesen sind. In ihren Schuhen gehen auch Klara und Andrea sicher über die dicken Kiesel; sie genießen das kühle, erfrischende Wasser und nehmen vor lauter Freude nicht wahr, dass langsam ein Wetter aufzieht.

Die Steintürme, die sie beim letzten Mal gebaut haben, stehen immer noch da, nur die Holzskulptur scheint jemand zum Grillen verheizt zu haben. Dennoch – die Kinder sind entzückt von ihrem kleinen Eiland, sind aufgeregt über jedes Tierchen, das unter die Steine huscht. Sie legen ihre Handtücher und Rucksäcke zu einer kleinen Wagenburg zusammen und setzen sich erwartungsvoll zu Klara und Andrea. Eine Weile schauen sie in das stille Biotop, das sich vor ihren Augen öffnet, eingerahmt von ihren Steinskulpturen. Ein Kunstbau, hell, heiter und heilig. Und kostet keinen Cent Eintritt.

»Erzählst du uns jetzt von dem Hochzeitsfloß?«, fragte Mausi. »Du hast es versprochen!«, fügte Nina hinzu.

»Also gut«, sagte Klara lachend und setzte sich auf einem besonders dicken warmen Stein zurecht. »In Bayern gab es vor langer Zeit einen Kurfürsten, der hieß Maximilian I. von Bayern, der hatte es sich in den Kopf gesetzt, mit einem Floß auf der Isar abwärtszureisen und dann auf der Donau bis nach Wien. ›Ja, pfüat di Gott‹, sagten alle. ›Wenn das nur gutgeht.‹ Der Kurfürst war schon über sechzig Jahre alt, seine Frau war gestorben, und er hatte sich kurz darauf mit Maria Anna von Österreich verlobt. Maria Anna war gerade mal fünfundzwanzig, und es hieß, der Kurfürst wolle ihr mit seiner Floßreise imponieren.«

»Vielleicht ging es mit dem Floß auch schneller als mit der Kutsche,« rief Mausi, und Nina schubste ihn ärgerlich an. »Lass die Klara erzählen!«, maulte sie.

Klara schilderte ihnen, dass zwei Siebenziger, das waren stattliche Flöße von je dreiundzwanzig Meter Länge und sechs Meter Breite, zusammengestrickt worden waren und man darauf eine sorgfältig gezimmerte Holzhütte für den Kurfürsten errichtete. Man heuerte die erfahrensten Flößer an, die brüllten und die Leute herumkommandierten, und schließlich kam der Kurfürst mit seinem Gefolge zur Lände. Man brachte Matratzen, Decken, Leintücher und Geschirr. Körbe mit Brot und kaltem Geflügel, Braten, Früchte und genug Wein und Wasser. Auch eine Bibel für den Kurfürsten.

»Manno, hab ich einen Hunger«, sagte Mausi, und Andrea packte die Brotzeit aus. Nina kuschelte sich in eine Ecke ihrer Wagenburg. Dunkle Wolken zogen heran, und von ferne war ein leises Grollen zu hören.

»Klara soll weitererzählen«, drängelte Nina, »das ist so spannend.«

Klara nahm einen kräftigen Schluck aus der Flasche

mit der Apfelschorle, dann fuhr sie fort: »Maximilian legte seinen schweren Mantel ab, den Degen, die hohen Stiefel. Es war mindestens so heiß wie heute. Der Kurfürst sah skeptisch auf die braungebrannten Pratzen der Flößer. Ihnen musste er vertrauen. Er war gewarnt worden vor der Floßreise. Noch niemand bei Hofe hatte eine gemacht, schon gar nicht in seinem Alter. Nun, ein Zurück gab es nicht. Er sehnte sich nach der Jugend und Frische Maria Annas, konnte es kaum erwarten. Es hieß, sie sei von sanfter Gemütsart. Wenn er da an seine verstorbene Elisabeth dachte …«

Ein Blitz zuckte über den Himmel, Andrea und Klara schauten sich an, aber Nina schien nichts zu merken.

»Wieso?«, unterbrach sie. »War die zickig?«

»Ich weiß es nicht, vielleicht aber schon«, meinte Klara. »Jedenfalls hatte der Kurfürst es eilig. Er kam geradewegs vom Grab seiner Frau. Erwartungsvoll stellte er sich an das Fenster der Floßhütte, das man grob aus der Wand herausgeschnitten hatte. Tief sog er die würzige Luft ein und schaute ins Isartal. Zwar hatte er dieses Paradies nicht selbst gemacht, sondern der Herrgott, aber alles gehörte ihm, es war sein Land. Dieser herrliche, weitverzweigte Fluss. Die Tannen am Ufer, das Gras, das Gestein, es sah aus wie ein großes Gemälde. Der Kurfürst sah aber auch, dass sich im Süden ein dunkles Wetter zusammenbraute. Bald war der Himmel blauschwarz. Maximilian sah die Kirchtürme und Mauern der Stadt, die sich leuchtend von diesem Himmel abhoben –«

»Bei uns ist der Himmel auch schon ganz finster«, meldete sich Mausi, doch Andrea beruhigte ihn und sagte, dass das Wetter bestimmt vorbeizöge.

»Gegen sechs Uhr am Abend«, fuhr Klara nach einem Blick

auf den Himmel fort, »als sie gerade bei Freising festgemacht hatten, brach jedenfalls das Unwetter los. Wochenlang war in Bayern kein Regen mehr gefallen. Jetzt brachten Donner und Blitz in jähem Wechsel peitschenden Regen mit und einen derart starken Wind, dass Maximilian seinen Leuten und den Flößern befahl, starke Planen heranzuschaffen. Die schwammen an Land. Doch dann wurde das Gewitter immer heftiger, das Floß, an eine Brücke gebunden, tanzte so wild, dass die Leute nicht mehr zurückkommen konnten.«

»Uih! War der jetzt ganz alleine auf dem Floß?«, fragte Nina.

»Ja, und er hörte seine Leute am Ufer hilflos herumbrüllen. Kurz darauf begannen alle Glocken von Freising zu läuten. Das machte den Kurfürsten ungeheuer wütend. Er hatte schon oft gegen diese Bimmelei gewettert. Das klang ja nach Beerdigung, dabei wollte er zur Hochzeit. Himmel, hatte er das verdient? Das Floß krachte und knallte, umtobt von Blitzen und Donner, die einem das Mark in den Knochen zu Eis gefrieren ließen.

Maria Anna von Österreich. Wenn sie wüsste, dachte der Kurfürst wehmütig. Dabei hatte er sich um sein Land bisher nur Verdienste erworben. Die schönste Residenz gebaut. Den König von Böhmen besiegt. Und dann Wallenstein, an dessen Absetzung hatte er auch einen Anteil gehabt. Mit der Mariensäule hatte er den Schweden Einhalt geboten. Der Kurfürst merkte in seiner Verzweiflung nicht, dass er die Geschichte etwas durcheinanderbrachte. Aber er schwor sich: Wenn er nur heil nach Wien kam, dann wollte er in Zukunft milder regieren.«

Klara unterbrach sich, schaute wieder skeptisch zum Himmel. Auch Andrea war inzwischen unruhig geworden.

Nach Blitz und kurz darauffolgendem Donner hatte Regen eingesetzt, sodass jetzt auch Mausi und Nina sich ratlos umschauten und die Köpfe einzogen.

»Alle die Schuhe anziehen und Abmarsch!«, kommandierte Andrea, und dann fassten sie sich an den Händen und setzten vorsichtig ihre Füße auf die Steine. Das Isarwasser trieb jetzt anscheinend noch schneller dahin, und sie hatten Mühe, nicht abzurutschen. Da zuckte schon wieder ein Blitz, und in dem blechernen Donnerschlag liefen sie auf dem schmalen Pfad den Fluss entlang.

»Ergeht es uns jetzt wie dem Kurfürsten?«, fragte Nina ängstlich.

»Wir müssen doch bald bei dem Haus sein!«, schrie Andrea, und nach wenigen Metern sahen sie das dunkle Gebäude im Wald liegen. Im ersten Stock war Licht, und als sie an die Tür klopften, hörten sie Schritte auf der Treppe, und ein Mann im grauen Trachtenjanker öffnete die Tür.

»Kommen Sie, rasch, nur herein«, sagte er, ohne lange zu fragen. »Das Gewitter ist noch nicht vorbei, da ist es an der Isar nicht ganz ungefährlich.«

Der Mann ließ die vier in die Wohnstube eintreten, und obwohl sie höflich abwehrten, brachte er Wasser und Limonade. Nachdem sie so wunderbar im Trockenen waren, bettelten Mausi und Nina sofort: »Klara, bitte, wie ging das weiter mit dem Fürsten?«

»Maximilian war nass bis auf die Haut«, fuhr Klara gutmütig fort. »Genau wie wir. Die ganze Hütte war durchnässt. Kalt war es jetzt. Eben noch hatte er kräftig geschwitzt, jetzt fror er bis in die Knochen. Alle Decken legte er sich um, sogar die Schlafmütze setzte er sich auf. Laut las er sich aus der Bibel vor. Gegen Morgen erst ließ das Gewitter nach. Seine Leute und die Flößer kehrten zurück zu ihm, brachten ihm trockene Kleider und Bier, in das sie Eier geschlagen hatten. Ergeben trank er das Gebräu, dann schlief er ein, der Kurfürst, und träumte wahrscheinlich von seinem Bayern. Allezeit jung und schön. Wie Maria Anna.«

»Bier mit Eiern, iiiih!«, rief Nina.

»Ist es wirklich wahr, dass der Kurfürst vom Grab seiner Frau geradewegs auf das Floß marschiert ist, um zu Maria Anna von Österreich zu reisen? Das ist doch ein starkes Stück«, empörte sich Andrea. »Vom frischen Grab weg!«

»Ich glaube, das hat man früher anders gesehen«, meinte Klara. »Die Männer, und nicht nur die Kurfürsten, konnten ohne eine Frau nicht existieren. Die waren total hilflos, kamen mit der Wirtschaft nicht zurecht.«

»Mein Großvater hat auch keine Frau mehr, weil meine Großmutter gestorben ist«, gab Mausi zu bedenken, »aber er kommt mit der Wirtschaft zurecht. Er geht jeden Mittag zum Augustiner. Ich glaube nicht, dass der sich verlobt.«

»Naaa«, sagte Nina, »aber Bier trinkt er auch. Nur nicht mit Eiern.«

Glück vom Odeonsplatz

Ich fürchte, meine Familie ist im Delirium.

»Wie herrlich, wie berauschend!«, ruft Mutter Hueber, und ich weiß, warum sie, die Brummige, plötzlich derart ekstatisch ist. Meine Mama hat es mir zugeflüstert. »Jetzt werden sie wieder jeden Tag berauscht sein, die Huebers, nicht nur vom Bier. Völlig fremd werden sie einem. Das muss eine unsichtbare Macht sein, eine fremde Landschaft, die sich unserem Blick entzieht.«

Wiesn heißt die Macht, die fremde Landschaft, man kann auch Oktoberfest dazu sagen. Dort gibt es Bier, sagt meine Mama, und zwar nicht maßvoll, wie sonst bei den Huebers, sondern jeder trinkt eine volle Maß – und der Herr Hueber trinkt davon mehrere. Und dann sagt der so Sätze wie: »Wenn der unermessliche Münchner Himmel sich über der Münchner Stadt wölbt.« Das ist ein großer Satz für einen Hausmeister und ein noch größerer für einen kleinen Kater wie mich. Unermesslich. Die müssen es ja wissen, ob man den Himmel nicht messen kann. Sonst können die doch alles messen. Zum Beispiel das Futter für meine Mama und mich. Das ist kein bisschen unermesslich. Auch der allerkleinste Kater kann das ermessen.

»Kein Wölkchen ist am Himmel!«, jubelt die Tochter Theres. Sie hängt so weit aus dem Fenster, das glaubt man nicht. Ich sitze auf der anderen Fensterbank, und ab und zu höre ich den Schrei eines Vogels, der aus der Tiefe des Himmels herunterfällt. Aber wohin bloß? Die Münchner Stadt muss ausgestorben sein. Ich glaube, alle Männer, Frauen und Kinder haben die bunten Felle ihrer Ahnen angelegt und kommen zu uns zum Odeonsplatz gerannt. Schon seit dem Morgen wimmelt es von Menschen und Pferden vor dem Haus, in dem die Huebers, meine Mama und ich wohnen. Wir haben die Hausmeisterwohnung inne, vierter Stock über der Bank Salomon Oppenheim. Zuerst hat es mich etwas gegruselt, wenn ich auf der Fensterbank gesessen bin und runtergelauert hab. Aber denk ja nicht, dass du hier einen anständigen Vogel erwischst. Von Mäusen gar nicht zu reden. Meine Mama und ich sind auf die nicht unermesslichen Portionen Katzenfutter angewiesen, die von Aldi stammen oder von Plus. Mama und ich wissen, dass die Huebers gern in den Augustiner gehen zum Essen, und an uns sparen sie.

Jetzt wird's interessant. Jetzt schubsen sich Mutter und Tochter Hueber gegenseitig vom einzigen bodenlangen Spiegel weg. Jede hat in diesem Jahr ein neues Dirndl bekommen. »So kannst du nicht herumlaufen, Theres!«, ruft die Mutter Hueber. Dann schreit sie nach ihrem Mann. »Max! Jetzt sagst du aber auch einmal was!« Der Herr Hueber kommt, fegt mich mit seinem Fuß beiseite. Wahrscheinlich will er keine Zeugen, denn er hat am Ausschnitt von der Theres rein gar nichts auszusetzen. »Wos is?«, fragt er scheinheilig. »Wos willst denn, so laufen's doch alle rum!«

Die Theres hat dem Papa ein Küsschen gegeben, ich habe es genau gesehen, denn ich bin wieder an meinem Platz neben dem Ohrensessel. In den werde ich gleich reinspringen, wenn die Huebers auf der Wiesn sind. Jetzt sehe ich aber erst mal die Augen von der Frau Hueber. Die sind nämlich grün von Wut. Sie findet den Ausschnitt am Dirndl ihrer Tochter immer noch pfeilgrad unanständig. Und akkurat jetzt muss der Hueber wieder querschießen in ihre Erziehungsmaßnahmen. Und wenn die Madeln tausendmal alle so rumlaufen, die Hueber Theres nicht! Warum lässt sich das Luder nichts mehr von der Mutter sagen? Die Theres tut es ihr doch mit Fleiß, dass sie den Busen immer höher schnallt. Die Hueberin tät sich der Sünden fürchten, wenn sie einen solchen Ausschnitt vor sich hertragen müsste. In ihrem eigenen prangen frische Moosröschen, das ist der Brauch, und der ist immer anständig.

Ich persönlich mag ja die Hueberin mehr als den Hueber. Der kann meine Mama nicht leiden, und mich schon gar nicht. Meine beiden Brüder und Schwestern hat er gleich bei unserer Geburt fortgebracht. Meine Mama und ich wissen nicht, wo sie sind. Wir sind sehr allein, wir beide – jetzt allerdings noch nicht. Ich höre von draußen das, was die Menschen Musik nennen. Tsching, tsching, bumbum und tschingderassassa, so schallt es zu mir herauf, und ich höre Pferdehufe trappeln, Wagenräder knarren und Peitschen knallen. Menschen geben Töne von sich, die ich für mich erst sortieren muss. »Sie jauchzen«, sagt meine Mama. Ihr macht das nichts mehr aus, auch nicht das Gejohle, sie kennt das ja schon. Ich habe mich zu ihr nach hinten verzogen, unter die Couch, wo sie sich eingerollt hat, weil es dort leiser ist als unterm Fenster. Da hängen jetzt die Huebers drin, und die jauchzen und schreien auch. Vor allem der Herr Hueber, der seinen Spezln, die an der Straße stehen, zuwinkt und stolz ist auf das noble Bankhaus, in dem er immerhin die Position des Hausmeisters hat.

Meine Mama sagt, dass sie nicht genau wisse, wie prominent der Hueber sei, aber sie schätze, dass er zumindest eine Rarität sein müsse, denn Bankbeamte gebe es jede Menge im Hause Salomon Oppenheim, Hausmeister aber nur einen.

Herr Hueber hat seinen grauen Trachtenjanker angezogen und die lederne Kniehose, denn gleich, wenn der Festzug beendet ist, gehen die Huebers auf die Wiesn. Dann hätten wir die Wohnung für uns, sagt die Mama, und sie habe schon erreichbare Vorräte ausgekundschaftet. Wir würden es uns gutgehen lassen, denn die Familie sei ja wiesnverrückt. Nur der Leopold, den ich von der Familie am besten leiden kann und dem die Mama und ich auch gehören, der mag weder den Festzug anschauen noch mitgehen auf die Wiesn. Er ist neun, der Leopold, und ich glaube, er ist mein Freund. Als meine Geschwister und ich auf die Welt gekommen sind, wollte der alte Hueber uns alle der Mama wegnehmen. Da hat der Leopold aber vielleicht einen Tanz gemacht! Hut ab! »Gib doch zu, dass du sie umbringen willst!«, hat der Poldi geschrien. »Gib es doch zu!« Da hat der alte Hueber auch gebrüllt, dass eine Katze genug sei und dass der Leopold das Katzenklo nicht säubere und, und, und. Das mit dem Katzenklo, da ist was dran, aber die Theres hat das auch nie sauber gemacht. Immer nur die Hueber-Mutter. Aber die hat es dann wieder dem Alten ins Ohr geblasen. So läuft das bei den Menschen.

Meine Geschwister hat der Hueber-Vater in der Verwandtschaft untergebracht. Mich jedoch wollte keiner. Bloß weil ich ein schwarzer Kater mit einem weißen Ohr bin, will mich niemand haben, und Vater Hueber ist fest entschlossen, mich morgen ins Tierheim zu bringen. Leopold will davon nichts wissen. »Der kommt fei nicht ins Tierheim! Die verkaufen ihn an ein Versuchslabor. Da wird er gequält! Ich will das Katerchen behalten!«

Draußen kommt wohl gerade eine besondere Kutsche näher. Man hört es am Gekreisch der Menschen. Sofort beugen sich die Huebers noch weiter aus dem Fenster. Vater,

Mutter und Tochter werden bestimmt gleich rausfallen, wäre auch nicht schlecht. Leopold hat meine Mama und mich in den Katzenkorb gesetzt. Er steht mit uns am anderen Fenster. Jetzt können meine Mama und ich auch nach draußen sehen, wo die festlich geschmückten Kutschen und Wagen vorbeifahren. Viele buntgeschmückte Menschen, die alle ein bisschen wie meine Familie aussehen, winken auch zu den Fenstern der Huebers hoch, und dann kommt die Kutsche des Oberbürgermeisters. Das sagte uns der Leopold rechtzeitig, und die Mama schaut genauso aufmerksam raus wie ich. Wir sehen einen Mann und eine Frau. Er trägt eine Lederhose und einen Janker, die Frau hat ein Dirndl an. Ihr Fell sieht also genauso aus wie die Felle der anderen Münchner. Die Menschen jubeln und klatschen. »Mei«, höre ich Frau Hueber stolz und glücklich sagen, »die Frau Oberbürgermoaster! Sie soll auch Katzen dahoam haben, hoaßt's. Genau wie mir.«

»Also, auf geht's! Und du, Poldi, kimmst mit auf d' Wiesn!« Der Zug ist zu Ende, die Frauen rennen noch rasch zum Klo, und dann poltern die Huebers aus der Tür. Der Poldi ist verbittert, und wie. Das sehe ich ihm an, und außerdem flucht er, aber den Katzenkorb mit meiner Mama und mir stellt er behutsam auf den Boden. Dann rennt er hinter seinen Leuten her und schlägt die Tür aus Wut so fest zu, dass ich fast aus dem Katzenkorb falle.

Als alle Menschen weg sind, schmust meine Mama ein bisschen mit mir, und sie sagt mir wieder, dass ich niemals vergessen solle, dass sie mich »Glück« getauft habe, als ich nach meiner Geburt als einziges ihrer Kinder bei ihr bleiben durfte. Ich hab sie sehr lieb. Und mein Name gefällt mir sehr. Aber sie sagt plötzlich, dass ich abhauen soll. Und zwar so schnell wie möglich. »Lauf, Glück, lauf davon. Die bringen dich sonst ins Tierheim. Da sind andere Katzen, die dich ärgern und quälen und vielleicht umbringen werden. Du aber, mein Glück, sollst leben. Geh zur Frau des Oberbürgermeisters. Du hast sie ja heute auch gesehen. Sie wird dich aufnehmen, sie mag Katzen, und du bist ein besonders schöner Kater, mein Glück.«

Wenn meine Mama mich mit ihrer Pfote geschlagen hätte, wäre mir das lieber gewesen. Alles – nur nicht wegschicken! Ich versuche, meine Mutter umzustimmen, damit ich bei ihr bleiben kann.

»Aber ich weiß ja nicht, wo die Frau Oberbürgermeister wohnt«, jammere ich. Doch meine Mama schnurrt liebevoll: »Die Tür steht auf, schau, die Theres hat grad noch ihr Parfümflascherl geholt. Du läufst die Treppen runter und zur Haustür hinaus.«

Jetzt wurde die Stimme meiner Mama sonderbar. So geheimnisvoll, so zögerlich. Flüsternd. So kenne ich meine Mama gar nicht, und mir wird wieder bang zumute. »Vor dem Haus wartest du«, sagt meine Mama, »bis der Ojesses kommt. Das ist ein großer schwarzer Kater mit einem weißen Ohr. Er ist dein Vater. Der kann sich jetzt mal um dich kümmern. Ich hab bisher den ganzen Stress mit euch Kindern alleine gehabt. Ojesses ist der klügste Kater weit und breit. Er weiß alles. Auch wo die Frau Oberbürgermeister wohnt. Er wird dich hinbringen. Sag ihm, das sei ein Befehl von deiner Mama.«

Ich fühle, dass ich nur diese Chance habe. Schnell, damit ich nicht weinen muss, berühre ich noch einmal die Schnauze meiner Mama, dann laufe ich auf die Straße, und alles ist so, wie die Mama es vorausgesagt hat. Ojesses, der mein Vater ist, kommt schon bald des Wegs. Ich sage ihm meinen Spruch auf. Er schnuppert eine Weile an mir herum. Richtig begeistert scheint er nicht zu sein. Er haut mit der Pfote an mein weißes Ohr. »Wenn es denn sein muss – komm, aber mach ein bisschen schneller, ich hab nicht den ganzen Tag Zeit.«

Ein großes Stück fahren mein Vater und ich mit der Tram. Was für ein Abenteuer! Aber wie kommt man in diese komische Kutsche hinein? Ich nehme Anlauf, doch es ist etwas anderes, auf eine Couch zu hüpfen als in eine Trambahn. Ich falle wieder raus. Mein Vater Ojesses maunzt wütend, doch er schubst mich hinauf, und als ich dann oben bin, finde ich das Fahren herrlich. Doch viel zu bald schubst mich mein Vater Ojesses eilig aus der Tram heraus, und ich muss wieder laufen. Mein Vater nimmt keine Rücksicht auf mich, und ich sehne mich nach meiner Mama, die meistens liebevoll mit mir umgegangen ist. Nach einer Weile kommen wir an einen Platz mit großen Bäumen und einem großen Haus.

»Hier isses«, sagt mein Vater Ojesses. »Wart einfach hier und rühr dich nicht weg! Servus!« Und schon sehe ich von ihm nur noch das Hinterteil. Was ist das bloß für ein Vater? Servus sagen, das kann der wohl am besten. Ich setze mich in eine Ecke gleich neben der Tür. Was sollte ich sonst auch tun? Meine Pfoten tun mir weh! Jede einzelne! Menschen gehen ins Haus. Kinder. Ein Hund. Nicht einmal der beachtet mich, was mir aber ganz recht ist. Doch langsam wird mir bange, ob meine Mama mir das Richtige geraten hat. Da! Endlich hält ein elegantes Auto vor dem Haus. Ein Mann steigt aus und geht um das elegante Auto herum. Er macht die andere Autotür auf, und da steigt eine Frau aus dem Wagen. Das sind doch tatsächlich der Oberbürgermeister und seine Gemahlin!

Ich kenne die beiden ja aus der Kutsche! Die Frau ist viel größer als im Sitzen und der Mann auch, und ich bekomme Angst, dass sie mich gar nicht sehen können, da ganz unten am Boden. Doch die Frau stutzt, beugt sich zu mir herunter und fragt: »Wen haben wir denn da?« – »Ich bin Glück«, sage ich schnell und: »Ich warte auf die Frau Oberbürgermeister.«

Die Frau hebt mich ganz sanft auf, ich spüre sofort, dass sie weiß, wie man mit einem kleinen Kater umzugehen hat. Sie streichelt mir den Kopf, sodass ich wieder an meine Mama denken muss. Dann zupft sie an meinem weißen Ohr und sagt zu dem Mann: »Hier ist Glück. Können wir doch brauchen, oder?« »Immer«, sagt der Mann. Und so gehen sie gemeinsam ins Haus, und die Frau behält mich nicht lange auf dem Arm, sie stellt mir in der Wohnung sofort Wasser und Futter hin, und dann sagt sie ihren anderen Katzen, dass ich Glück heiße und von nun an auch bei ihnen wohnen werde.

Die Wiesn kann manchmal zärtlich sein.

Oh, Planter's Punch

Da sitzt sie nun. Innen alles matt, dafür ein Zittern überall, wo Blut pulsieren sollte. Der Lebenssaft. Saft- und kraftlos ist Karen schon aufgewacht, das Herz scheint ihr auf geheimnisvolle Weise versackt wie ein Stein; Wellen von Übelkeit schwappen ans Ufer von Karens Bewusstsein. Das hat sie nun davon. Niemals hatte sie gewusst, wer sie ist. Im Moment wusste sie nicht einmal mehr, was aus ihr werden sollte.

Dabei war es schön gewesen. Gestern. Zu schön, um klug zu sein. Im Hotel hatte sie das enge schwarze Stretchkleid angezogen. Einen knappen Schlauch aus Seide, erst am Vormittag erstanden. Karen genoss den Luftzug an ihren nackten Beinen, ihre hohen Absätze machten sie mutig für das exotische Lokal im Keller des Bayerischen Hofs. Karen hatte davon gehört, war aber noch nie dort gewesen. Rafael wollte in diesem neuen Restaurant Münchens zu Abend essen, nachdem sie auf dem Zimmer – na ja. Für Rafael war es wichtig, dass er hier residierte. Karen waren Hotels gleichgültig, es sei denn, es drang ein blaues Mittelmeer in die Zimmer. Das gab es natürlich nicht am Promenadeplatz in München.

Karen wohnte in einem großzügigen Haus in Gern. Es gab Rosen und Lavendel, massives Holz und Eisen, den hellen Schlafraum mit Gesprächen, Treue und Mauern. Nur schlief sie da nicht mit Rafael, sondern mit Moritz, ihrem Mann. In Hörweite waren die Kinder.

Doch dann kommen immer wieder die Anrufe, die SMS, die sie irritieren, abstoßen, anziehen und den Lügen zum Fraß vorwerfen. Rafael weiß, wann Mann und Kinder aus dem Haus sind, ihn kann sie nicht abwimmeln, er spürt, dass Karen ihn und seine Welt attraktiv findet. Mit ihm kann sie ihrem Alltag entkommen. »Weiß Gott, du hättest das Zeug zum Superstar«, sagt Rafael, weil Karen in seinen Augen aussieht wie die Pop-Diva, die neulich ein Konzert im Colosseum gegeben hat. »Und deine Stimme«, sagt er, »verblüffend, sie ist irgendwie soulig, stark, nur nicht so geschult, sonst könntest du auftreten.«

Das mit der Stimme hat Karen schon oft gehört. Im Schulchor, in der Musicalaufführung ihrer Schule, als sie in *Les Misérables* die Rolle der Madame Thénardier gesungen hatte. Studiert hatte sie dann Amerikanistik, wie ihre Freundin. Ihre Magisterarbeit über den Untergang der *Titanic* im Spiegel der Medien hatte ihr Spaß gemacht. Kurz darauf war sie schwanger von Moritz, und alles ging ziemlich schnell. Kind, Kinder, Haus und Hund.

»From Sarah With Love«, hatte die Pop-Diva im Collosseum gesungen, und Karen war angerührt gewesen von dieser Stimme, auch vom Aussehen der Sängerin. Sie gehörte zu den Frauen, die man ansieht. Karen war klar, dass es dabei nicht unbedingt um Schönheit ging, eher um Intelligenz. Wie wäre das wohl – auf der Bühne stehen, das Mikro reinsaugen, den Kopf mit dem rot gesträhnten Blondhaar aufwerfen, die üppig unterspritzten Lippen halb geöffnet, und den tosenden Applaus entgegennehmen? Karen füllte stattdessen Fläschchen für ihr Baby und brachte die Große in den Kindergarten. Für die Familie genügte es, wenn Karen hübsch war, und es waren dabei weder die Kleider gemeint noch die Schönheitspflege noch der Wert des Schmucks, den

sie trug. Sie musste dem Geschmack ihrer Umgebung entsprechen, und das hatte Karen gelernt. Moritz wünschte sich manchmal, dass sie ihm auf dem Klavier etwas vorspielte. Es war für Karen leicht, die junge Mutter darzustellen, die am Abend passabel Klavier spielte für den Ehemann. Nicht dass Karen unglücklich gewesen wäre, aber es war eben immer dasselbe Spiel, das sich wiederholte. Deshalb hatte wahrscheinlich die Geschichte mit Rafael begonnen.

An den Morgen nach Rafael hatten schon immer die Gespenster der Reue gegen Karen gewütet, aber heute gebärdeten sie sich geradezu gemein. Daran muss der Planter's Punch schuld sein, dachte sie; drei dickbauchige Gläser davon hatte sie getrunken, ohne an den Rum zu denken, der, vermischt mit Zitronen-Orangensaft und Grenadine, wie eine köstliche Limonade schmeckte. Wolf im Schafspelz.

Karen hatte auf die Toilette gemusst, im Vorraum blickte sie überrascht in den Spiegel. Sie war zweimal da. Zwei Frauen, die ihre Schirmmütze quer aufgesetzt hatten wie die Pop-Diva. Sie trugen ein schenkelkurzes Etwas, das ziemlich viel Karen sehen ließ. Auf dem schwarzen Nichts glänzte das schwere Schloss eines metallenen Gürtels. Karen wusste, dass sie es war, die zweifach aus dem Spiegel herausschaute, sie erinnerte sich genau an sich, an den Luftzug an ihren Schenkeln, und sie sagte der anderen Karen, dass sie abhauen solle. Doch die dachte nicht daran, zu verschwinden. »Was tust du hier?«, fragte sie stattdessen und warf die Lippen auf, wie Karen es tat, seit sie sich die Oberlippe ein wenig hatte unterspritzen lassen. »Wo ist Moritz, wo sind deine beiden Mädchen?«

»Das geht dich einen feuchten Schmutz an!«, rief Karen erschrocken und flüchtete in den Waschraum, wo sie der anderen zu entkommen hoffte. Sie war ja bereits gewarnt. Aber auch hier war ein Spiegel, und auch hier schaute die andere mit ihrem Schmollmund und dem Rouge auf den Wangenknochen hochmütig heraus und jagte Karen aufs Klo, wo sie mit zitternden Händen hinter sich abschloss. So – die war draußen.

Karen wusste selbst, dass sie hier am falschen Platz war. Dass auch Rafael, der Reiche, Unabhängige, ihr nichts abgeben konnte von dem, was ihn so attraktiv machte für die Frauen. Dass sie in den heißesten, grellroten Nachtstunden mit ihm einsam blieb. Dass sie sich für ihn extravagant kleidete, obwohl sie wusste, dass es auch Rafael nichts bedeutete. Aber Karen glaubte, mit Rafael einen Traum zu leben. Ja. Das war es. Rafael war nichts als einer ihrer Träume, die Vorstellung überraschender Vereinigungen, immer neuer Experimente.

Karen hockte auf dem Klo und versuchte, tief durchzuatmen. Wenigstens ein Teil des Planter's Punch müsste doch aus ihr herausrinnen. Vielleicht war die blöde andere Karen aus dem Spiegel inzwischen verschwunden? Ja doch, Karen würde nach Hause fahren, jetzt, sofort, nicht einmal an den Tisch zurück zu Rafael würde sie gehen. Die andere Karen hatte nur eine kleine Tasche umgehängt, wie Karen selbst auch, doch es war ihr, als triebe die andere sie mit einer unsichtbaren Peitsche heim.

Einer der Portiers begleitete sie zu ihrem Auto, das in der Garage stand. Er fuhr sie schweigend hinaus aus dem engen Tunnel bis auf die Maximilianstraße. »Viel Glück!«, sagte er leise, und Karen wechselte behände auf den Fahrersitz. So ein sympathischer, taktvoller Mann. Er störte sich nicht an ihrer Aufmachung, nicht daran, dass sie offenbar betrunken war. Es schien ihr erstaunlich, doch sie fühlte sich mit einem Male so leicht, als wäre sie aus Luft. Sie sah die süßen Gesichter ihrer kleinen Töchter, ihr Vertrauen, ihre Fairness, wenn Karen sie wegen eines Treffens mit Rafael vertrösten musste. Karen spürte eine so starke Sehnsucht nach den beiden, dass sie ihren Wagen beschleunigte. Sie schwor dem Himmel, dass sie, sollte sie von einer Polizeikontrolle verschont bleiben, eine immerwährend liebende, dankbare Karen sein wollte. Nur noch klare Tage sollte es in ihrem Leben geben. Zu Hause angekommen, schloss sie ihren Wagen ab und lief zur Tür. Ein leichter Wind war aufgekommen, sie hörte das Rauschen der Bäume und dachte, vielleicht könne sie es auf dem Klavier nachspielen, wenn sie nur lange genug übte. Sie war mit einem Mal so vergnügt, als watete sie durch ein Meer von Freude.

Frühstück im Franziskaner

Regen fällt. Von Schneeflocken durchmischt, aber doch Regen. Er macht die Freude über einen frühen Schneewinter zunichte. Die Flocken, die immer schneller fallen, dünner und schließlich zu Regenfäden werden, schmelzen die weißen Schneehüllen der Häuser und Straßen zu schmuddligen Fetzen. Wie immer an meinem Geburtstag. Früher ist mir nicht aufgefallen, dass mein Geburtstag sich jedes Mal gegen die Schönheit des Winters stemmt. Ihre Zerstörung einleitet. Früher war ich stolz auf mein Sternzeichen, zählte die Tage, war verliebt in das Datum: 22.11.

Letztes Jahr habe ich erst am Abend bemerkt, dass ich Geburtstag hatte. Es fiel mir in dem Moment auf, als die Schneeflocken, die ihr Verbrämungswerk so tänzerisch und elegant begonnen hatten, sich wie dünne Nadeln in den Schnee bohrten – da fiel mir ein, dass mein Geburtstag sein müsse. Mein Mann kann nicht an alles denken. Heute jedoch klingelt das Telefon, gerade als ich vor dem Haus den Schneematsch wegkehre. Mein Mann sagt, er habe einen Termin in der Residenzstraße. Das könne er gut damit verbinden, mit mir im Franziskaner Weißwürste zu essen.

Ich stelle mein Auto am Marstall ab, verlasse es wie ein Soldat seinen Unterstand. Ich springe über die Kettenabsperrung, es treibt mich rasch an der Oper vorbei, denn ich fürchte, meiner Cousine zu begegnen, die hier lebt und ihr Spinnennetz immer enger knüpft. Sie verzeiht mir nicht, dass ich es war, der unsere Tante ihr Vermögen vermacht hat. Und sie vertraut Freunden an, dass mein Mann mich nur wegen des Geldes geheiratet habe. Da sei sie ganz sicher. Überall spüre ich die Fäden ihres Spinnennetzes. Bis ich sie bemerke, bin ich schon gestürzt. Wohin ich komme, da war sie schon. Sie sorgt sich um meine Freunde. Vor allem sorgt sie sich um meinen Mann. Erzählt ihm Geschichten über mich, nacherzählte, veränderte. Sie weiß, dass es meinen Mann bestätigt, wenn er Schlechtes über mich hört und sich empören kann. Ihm ist jeder Mensch recht, der ihn in diesen von ihm so geschätzten Zustand versetzt, aber die Mutmaßungen meiner Cousine sind ihm die liebsten. Ich selbst bringe meinen Mann schon genug gegen mich auf, aber lieber nährt er seine Empörung über mich aus zweiter Hand.

Ich beeile mich, in den Franziskaner zu kommen, und stelle auf halbem Wege fest, dass ich versehentlich in meinen alten Turnschuhen aus dem Haus gegangen bin. Obwohl ich mich sonst korrekt auf das Treffen mit meinem eleganten Mann vorbereitet habe. Lodenkostüm, Lodenmantel, Mayser-Hut. Mit den Turnschuhen jedoch bilden sie eine Disharmonie, die ich vor meinem Mann nicht rechtfertigen kann. Diese Verlegenheit peitscht mich geradezu durch die Maximilianstraße.

Vor dem Franziskaner steht eine große Dame im Pelz. »Friss nicht das böse Salz, mein Liebling«, sagt sie zu ihrem Dackel. Der war mit Sicherheit aus Gergweis, denn er fraß doch das böse Salz. Unser Willi, der aus Gergweis stammt, täte das auch. Er beißt mich, wenn ich mich in meiner Zerstreutheit neben meinem Mann auf dem Beifahrersitz niederlassen will, den Willi für sich beansprucht. Davon abgesehen, verdanke ich Willi meine Kontakte zur älteren Bevölkerung, die ich ohne ihn nicht hätte.

Niemals könnte ich sagen, was man neuerdings so oft hört: »Ich bin ich.« In mir denken drei Tageszeitungen, fühlt das Rundfunkorchester, handelt die Television. Ich bin ausgestopft mit Buchstaben, überzeugt von Theorien ständig wechselnder Kompetenzen. Ich habe das kleine Fontaneum, einen Fuß in Robin Wood. Ich bin ein Lodenkostüm voller Zufälligkeiten.

Der Kellner im Franziskaner ist mit meinem Mayser-Hut zufrieden, ich kann unbemerkt meine nassen Turnschuhe ausziehen und sie unter dem Tisch mit der *Süddeutschen Zeitung* ausstopfen. Dazu verwende ich nur die Anzeige von Karstadt Oberpollinger, sonst verprelle ich den Nachbarn, der sich abends immer unsere Zeitung holt. Er ist wohlhabend, Arzt mit einer stets überfüllten Praxis. Sicher könnte er die *Süddeutsche Zeitung* selbst kaufen, doch er sagte mir, dass er sein Vermögen vom Behalten habe und nicht vom Ausgeben. Das leuchtet mir ein, allerdings wüsste ich niemanden, bei dem wir die *Süddeutsche* mitlesen könnten, denn unser zweiter Nachbar hat ein Nachttopfmuseum und keine Zeitung.

Ich sage dem Kellner, dass ich noch nicht bestellen möchte, da mein Mann es unerträglich fände, wenn ich vor ihm anfinge zu essen. Allerdings verrate ich dem Kellner nicht, dass mein Mann das Alleinessen ablehnt, weil ich dann, von keinem Kauzwang gehemmt, möglicherweise auf ihn einreden würde. Der Kellner ist trotz meiner Abstinenz reichlich beschäftigt mit dem Heißhunger eines Gastes, der am Nebentisch sitzt. Als ich meine nassen Turnschuhe unter dem Tisch verstecke, isst dieser Herr gerade Weißwürste aus der großen dampfenden Terrine. Danach bringt ihm der Kellner Tafelspitz, und jetzt steht eine Haxe mit Kraut vor ihm. Der Mann isst alles ruhig, ernst und konzentriert. Etwas an ihm erinnert mich an unseren Kater. Diese gewisse Humorlosigkeit, diese Strenge hat auch unser Kater, wenn er der Katze Mimi das Futter wegfrisst. Ließe man unseren Kater in den Franziskaner, würde er ebenso viel bestellen wie der Herr vom Nebentisch.

Ein junger Mann am Tisch vor mir springt jetzt auf, weil ein blondes Mädchen hereinkommt und ihn anlacht. Noch zornig, aber schon mit Freude in der Stimme ruft er: »Ja, wo bleibst du denn so lange!« Und dann küsst er sie, und sie setzen sich, und es wird heller im Raum.

Mir fällt ein, dass ich seit einer halben Stunde auf meinen Mann warte. Ich beginne, mir die Worte zurechtzulegen, die ich zu seiner Begrüßung sagen würde. Keinesfalls dürfte ich so einfach sagen: »Ja, wo bleibst du denn so lange!« Mein Mann ist sensibel. Leider habe ich in den zwanzig Jahren unserer Ehe keine Worte für ihn gefunden. Ich habe das Geheimnis nicht entdeckt, das ich in ihm vermutete. Manchmal denke ich, dass er keines hat, aber darüber traue ich mich nicht zu sprechen. Mit niemandem. Und so kann ich auch nicht freudig sagen: »Hallo, da bist du ja, Liebling.« Darin sähe mein Mann eine Ironie, die mir nicht zusteht.

Wenn es nicht meine Worte sind, die meinen Mann verärgern, dann ist es mein Ton. »Dieser Ton«, sagt mein Mann, »dieser Ton! Wenn du dich nur hören könntest!« Kann ich aber nicht, niemand kann das. Aber so, wie mein Mann mich hört, kann er es nicht aushalten. Daher beschließe ich, meinen Mann diesmal schweigend zu empfangen. Mit einem Lächeln. Dann würde er nach geraumer Zeit fragen, was ich gegen ihn habe, warum ich so penetrant schweige. Aber bis dahin hätten wir unsere Weißwurst gegessen, und er müsste rasch in seine Kanzlei zurück.

Als mein Mann nach einer Dreiviertelstunde immer

noch nicht da ist, erbitte ich mir vom Kellner die Erlaubnis, ihn im weitverzweigten Franziskaner zu suchen. Ein Gast tritt mir auf die Zehen und erinnert mich daran, dass ich auf Strümpfen unterwegs bin. Auf Strümpfen und mit Hut. Hätte ich am Morgen die Haare gewaschen, könnte ich jetzt wenigstens den Hut absetzen, aber so geht das nicht. Ich verdiene meinen gepflegten Mann nicht. Schließlich passiert nichts in meinem Leben, ich hätte genug Zeit gehabt, mich auf ein Weißwurstessen durch gemäßes Schuhwerk und wehendes Haar vorzubereiten, aber nein. So durchstreife ich den Franziskaner, Vagabundin unter Sesshaften, die mir Heimat voraushaben und richtige Schuhe und richtige Wörter. Sie besitzen die wahren Töne, ihre Männer und Frauen sind nicht geliehen, sondern ererbt von den Vätern. Mein Lächeln flattert über dem Abgrund, kann sich nirgends halten. Da sehe ich meinen Mann.

Er sitzt unmittelbar neben dem Eingang Perusastraße und beugt sich gerade vor, damit er der Frau einen Kuss geben kann. Sie beugt sich auch vor, doch nur ein wenig. So wenig, wie ich es nie wagen würde. Mir ist kalt. So lange schon. Auf Strümpfen laufe ich zum Marstall zurück. Dieser Novembertag, mein Geburtstag, würde rasch dunkeln. Novembertage sind sparsam mit dem Licht, sie machen keine Versprechungen.

Theodor von Thann

Alle kreuzfidelen Hunde stammen aus dem Tierheim, sagte Marc. Und dass Mischlinge überhaupt die intelligentesten Hunde seien. Lena solle mit der Suche nach einem Hausgenossen endlich mal loslegen. Auf ein Inserat hin war Lena eigens nach Niederbayern gefahren. Das Tierheim lag am Rande der malerischen Stadt Thann – am äußersten Rand. Hier waren Schwärme von Fliegen unterwegs, und es stank aus den Ställen. Doch mit den verwaisten Tieren ging man sachverständig um. Ein Wärter zeigte ihr einen japsenden grauschwarzen Fellball, und Lena sagte: »Grüß dich, Theodor«, und verliebte sich augenblicklich in ihn. Genau so, wie Marc sich das ausgerechnet hatte. Der Wärter gab ihr etwas Futter mit und erwähnte eine Hundeschule, weil es keinen Zweifel gab – der Fellball war Lenas erster Hund.

Auf der Rückfahrt schlief Theodor, und Lena war erleichtert, denn es dunkelte rasch, und sie kniff die Augen zusammen, um ihr Auto mitsamt Theodor möglichst sicher nach Hause zu bringen. Sie fühlte sich bei jeder späten Autofahrt schon im Voraus schuldig, denn sie konnte einfach keine genauen Konturen mehr erkennen. Nachtblind. Erst gestern Abend hatte sie auf dem Mittleren Ring beim Abbiegen eine kleine Verkehrsinsel übersehen und war leicht schockiert gewesen, als ihr Kopf mindestens zweimal gegen den Himmel des Wagens gedonnert war. Vielleicht sollte sie doch eine dieser phantastischen Laseroperationen machen lassen.

Der Fellball neben ihr japste wieder im Schlaf. Ihr Nachtblindenhund. Jetzt blinzelte er, schien zu erwachen, blieb aber liegen; er reckte sich, rollte sich und sah Lena erwartungsvoll an. Sie teilte ihm mit, er habe es Marc zu verdanken, dass er bei ihr sein dürfe. »Du sollst Marc nämlich von mir entlasten«, sagte sie. »Ich klammere angeblich, Theodor. Doch wenn ich jetzt regelmäßig mit dir rausgehe, muss Marc nicht mehr mit mir laufen. Und weil du jetzt bei mir schläfst, muss er nicht über Nacht bleiben. So hat er sich das gedacht, Theodor.«

Später stand Lena mit dem Fellball auf dem Schlafzimmerbalkon. Er war wieder von einem Schläfchen erwacht, hatte Futter bekommen und fiepte vor sich hin. Lena zeigte ihm den Garten. Der war alt, über hundert Jahre, und abends schien es Lena immer, als würde er unter ihr wegsinken in das Dunkel der Nacht. Wie ein verzaubertes, undurchdringliches Gewühl von Bäumen und Büschen lag der Garten da, und wenn ein Wind die Blätter bewegte, duftete es zu ihr herauf. Besonders die Rosen schienen in diesem Jahr zahlreich wie nie zum Vorschein gekommen. Sie waren klein, dick gefüllt, und ihr zartes Rosa schimmerte hier und da zwischen den Blättern. Es mussten Hunderte von Blüten sein in diesem Jahr, und ihr Duft drang zuweilen zart und vornehm zu Lena herüber. Linkerhand die große Blutbuche – ein Rausch von Farben. Glyzinen waren hineingeklettert, helle, fast weiße Schlingpflanzen und grüne Blätter, die den Baum jedes Jahr aufs Neue umfingen. Doch der war offenbar ein geduldiger Gastgeber, fühlte sich wohl unter all dem jungen Geschwerl, das sich in seinen Ästen breitmachte. Er schien aber darauf zu achten, dass er über alle hinaussah.

All das zeigte Lena ihrem Theodor, und er hob den dichtbehaarten Kopf und schaute sie aus großen Hundeaugen an.

Lena freute sich, dass sie endlich jemanden hatte, dem sie ausführlich auch noch die dicken Hortensien und die roten Himbeeren am Strauch zeigen konnte.

Als sie im Bett und Theodor in seinem Korb an der offenen Balkontür lag, da dachte sie beim Einschlafen, dass Theodor ihre Seele bereits entschieden aufgehellt hatte. Wie immer, wenn sie in eine neue Wohnung eingezogen war, hatte sie versucht, sich vorzustellen, wer vor ihr in diesen Räumen gelebt hatte. Wie viele Kindstaufen und Beerdigungen, wie viele Hochzeiten und Scheidungen, wie viel Liebesgestöhn und bitterer Hass durch die Räume geweht war. Vielleicht auch nur Langeweile …

Für Lena war es eine schöne Vorstellung gewesen, hier gemeinsam mit Marc zu leben. Doch der hing an seinen drei alten Zimmerchen in der Adalbertstraße und wohl mehr noch an den Geräuschen, die aus den Straßen Schwabings zu ihm drangen. Es stimmte schon: In Gern kam das Rauschen der großen Straßen von weit her, war kaum vernehmlich. Auch waren Kneipen eher rar.

Als Lena am Morgen erwachte, hörte sie ein leises Schurren und Schlingern auf den Holzdielen. Theodor! Sie hatte ja Theodor! Und er schien zufrieden zu sein, denn er tapste leise schnaufend im Zimmer herum, immer nah an Lenas Bett. Sie war noch nicht ganz wach, genoss den Zustand zwischen Traum und Wirklichkeit. Was für ein Vergnügen, Theodor schon wach und um sich herum zu wissen! Sie beide waren schließlich auch ein Paar in der langen Kette der Hausbewohner.

Ein Jahr später.

Diese Dampflok von Hund, dachte Marc, dieses dicke, verrückte Ungetüm, einem zotteligen Pferd ähnlicher als einem Hund. Aber Lena liebt ihn. Und sie weiß, dass ich sie liebe. Aber – zähle ich noch?

Am Anfang habe ich alles verstanden. Er war ein Baby. Er seufzte im Schlaf, wie kleine Hunde es tun, und Lena trug ihn herum, wenn sie glaubte, den Hund quäle etwas. Später rannte Theodor in den Garten, raufte sich mit den Katzen und erschien dann wieder, zerstruwwelt und zerwühlt. Lena erscheint alles an Theodor richtig, naturgewollt. Auch, dass man ihm beim Wachsen zuschauen kann. Von wem der wohl abstammt? Keinesfalls von einem Hund. Seine Beine gleichen Pfosten. Geht man mit ihm auf die Straße, wechseln die Passanten auf die andere Seite. Wem er mit seinen Tatzen auf die Zehen tritt, der vergisst ihn nicht mehr. Und darum geht es Theodor. Er will Eindruck machen. Nur bei Lena ist er sanft, leise, behutsam. Ein raffinierter Hund. Unglaublich raffiniert. So als würde er ein bisschen vor sich hin flöten, so fromm schaut Theodor. Er flaniert am Objekt seiner vorgeblichen Zuneigung vorbei – gern an mir, dem ungeliebten Gast –, dann wackelt er mit den beträchtlichen Ohren, und schon bringt er mich zu Fall. Das heißt, er postiert seine dicken Hufe so geschickt um mein Bein, dass ich nicht mehr vorwärtskann und auch nicht mehr zurück. Er will mitkommen ins Bett, jedes Mal. Mit seinem unschuldigen Hirtenhundgesicht trabt er abends durchs Haus – es ist, als träte er sogar leiser auf – und bearbeitet mit seiner enormen Schnauze jeden Türgriff. Immer wieder erlebt Theodor den Triumph, dass einer (zum Beispiel ich) vergisst, das Zimmer abzuschließen. Dann fährt man von einem feuchten Lufthauch aus dem Schlaf auf, spürt etwas Kratziges, wacht richtig auf. Ein Schrei. Den Atem des Hundeungetüms über einem hält man nicht aus. Man will aufstehen vom Bett, doch Theodors vier Pfosten wanken nicht, geben nicht nach. Also sinkt man wieder zurück. Eins zu null für Theodor. Mit Lena kann ich nicht über Theodor reden. Jedenfalls nicht kritisch.

»Du wolltest ja, dass ich mir einen Hund zulege«, sagt sie oft. »Und jetzt ist er da«, sagt sie. »Für ihn würde ich alles hergeben«, sagt sie. Und für mich stellt sich die Frage: Theodor oder ich?

Monate später.

Es ist wahr, dass ich jeden Tag mit Theodor leben möchte. Auch wenn Marc sagt, Theodor sei überhaupt kein richtiger Hund. Dabei kann ich Marc gar nicht genug danken dafür, dass er mich zu Theodor überredet hat, um mich loszuwerden. Wenigstens ab und an mal loszuwerden. Aber mittlerweile ist aus dem kleinen Fellball mein großer Hund Theodor geworden, und nun will ich Marc loswerden. Wenigstens ab und an mal loswerden. Marc besucht mich doch oft, ganze Tage lang, die meist in der Flucht Theodors enden. Er geht einfach durchs Gartentor, das Marc immer offen lässt. Einmal kehrte Theodor bei einem Studentenpaar ein. Für eine Woche!

Endlich kam Theodor zurück, eine Blume im Geschirr, und im Schlepptau die Studenten. Die beiden sagten, sie hätten ihn so gern behalten. Als ob Theodor Allgemeingut wäre.

Neuerdings gebe ich Partys. Unabhängig von Marc, der Partys nicht ausstehen kann. Theodor dagegen liebt Partys. Da sind immer Hände zum Streicheln. Pizza wird gebacken, die Küche ist voller Mehlstaub, Tomaten, Schinken, Käse. Drei Pizzabäcker wirbeln in der Küche, und auch Theodor ist geschäftig. Er kann Artischockenherzen aus den Schüsseln angeln. Dann wird die Musik laut, und Theodor liegt auf dem Boden und trommelt mit dem Schwanz im Takt. Wackelt mit dem Hinterteil. Rennt im Galopp von einem Zimmer ins andere. Begrüßt die Gäste mit all seiner Spontaneität und Rücksichtslosigkeit. Das ist es, was ich mein neues Leben nenne, das Tempo, die Herzlichkeit Theodors und der Menschen, die ihn so lieben, wie er ist. Da muss sich Marc ganz hinten anstellen.

Eine unmögliche Frau

Teresa lag auf dem Untersuchungsstuhl, und weil ihre langjährige Frauenärztin mit einem alarmierten Gesichtsausdruck in ihr herumdrückte und tastete, fragte sich Teresa, ob sie vielleicht ein heimtückisches Leiden habe. Ihre Überlegungen wurden unterbrochen von der sachlichen Stimme der Ärztin, in der heute ein Staunen mitzuschwingen schien. »Sie sind schwanger, schon im dritten Monat. Da gibt es keinen Zweifel«, sagte die Ärztin, und Teresa fuhr aus ihren Gedanken auf und nagte an ihrer Unterlippe. Das konnte auch nur ihr passieren. Seit acht Jahren schon drückte und tastete die Ärztin in ihr herum, ohne auch nur ein Mal jene Veränderungen festgestellt zu haben, auf die vor allem Herr Mayr, Teresas Mann, ungeduldig gewartet hatte. Die Ärztin hatte jedes Mal gesagt, dass sie auch nicht wisse, warum Teresa nicht schwanger werde, schließlich sei sie jung und gesund. Die Ärztin konnte natürlich nicht ahnen, dass es seit kurzem Alexis gab, der sich in ihr Herz geschlichen hatte. Ihm würde sie diese unverhoffte Schwangerschaft beichten müssen.

»Er wird denken, ich hätte ihn mit dem ältesten Trick der Welt hereingelegt«, sagte sie, und das magere, intelligente Gesicht der Ärztin drehte sich ruckartig wieder zu ihr. Es schien gespannt.

»Was soll das heißen?«, fragte sie stirnrunzelnd. »Ihr Mann wünscht sich doch seit Jahren ein Kind!«

Teresa schwieg, sie hörte die dröhnende Stille in ihrem Kopf und konzentrierte sich darauf, den Verschluss ihres Body zuzudrücken.

»Ach du Donner, das Kind ist nicht von Ihrem Mann«, entfuhr es der Ärztin. Es klang wie eine Diagnose, doch in der Stimme der Ärztin war Staunen, wenn nicht Bewunderung. Sieh an, die kleine Teresa! Bislang war sie ihr immer eher unglücklich und verhuscht vorgekommen. Dabei war sie jung, sportlich durchtrainiert und hätte durchaus als hübsch gelten können. Aber sie kleidete sich seltsam spießig. War nie geschminkt. Das wolle ihr Mann nicht, hatte Teresa einmal erwähnt. Anfangs hatte der seine junge Frau immer abgeholt. Hatte Rabatz gemacht im Wartezimmer, wenn sie nicht gleich behandelt wurde. Das war Teresa furchtbar peinlich gewesen. Gerade deshalb hatte die Ärztin den Angeber zurechtgewiesen. Ein typischer Emporkömmling. Seine Frau schien neben ihm zu verkümmern. Die Ärztin war bemüht gewesen, Teresa zu zeigen, dass sie sich wehren musste. Doch irgendwann hatte sie es aufgegeben.

Aber heute? Wie sah Teresa eigentlich heute aus? Sie hatte offenbar ihr Haar färben lassen, und einen neuen Schnitt hatte sie auch, denn ihre Haare waren noch nie lackschwarz gewesen, und da, wo früher mausfarbene Strähnen hingen, ließ jetzt eine kurze, dichte Mähne den langen Hals frei, und der Rock des knallgelben Kostüms, das die junge Frau trug, war ziemlich kurz. Donnerwetter! Die hochhackigen Pumps aus schwarzem Lackleder betonten Teresa Mayrs bemerkenswerte Beine. Und jetzt noch eine Schwangerschaft, die Herrn Mayr nicht betraf.

»Gratulation«, sagte die Ärztin, und das Gefühl, dass ihre Patientin sich mit einem mutigen Sprung von ihrem Mann abgeseilt haben musste, machte sie irgendwie fröhlich.

Draußen stürzte der Regen auf die Straßen, sodass Teresa auf ihren Stöckelschuhen vorsichtig zum Auto balancieren musste. Sie genoss jeden Schritt. Sie bekam ein Kind. Sie bekam ein Kind!

»Nicht einmal schwanger werden kannst du«, hatte Herr Mayr ihr vorgehalten. Und in ihr hatte sich prompt das Schuldbewusstsein eingestellt, mit dem sie offensichtlich geboren worden war. Ihren Eltern hatte sie schon nichts recht machen können. Die waren noch jung gewesen, als Teresa auf die Welt kam, aktive Mitglieder im Münchner Eislaufverein, Abteilung Eiskunstlauf und Eistanz. Sie waren ehrgeizig und trainierten regelmäßig. Nach fünf Jahren Training hatten sie die Vereinsmeisterschaft im Eiskunstlauf gewonnen. Ihr Eistanz in bayerischer Tracht war eine kleine Sensation gewesen. Aber die Schwangerschaft setzte der sportlichen Karriere ein abruptes Ende. Beide sahen das eher als Störfall, irgendwann jedoch schienen sich die künftigen Eltern entschlossen zu haben, sich auf das Kind zu freuen.

Das kleine Mädchen brüllte die Nächte durch, und die Eltern kamen bald zu der Einsicht, dass ihnen neben ihrem Eissport die Siamkatze Ginger vollkommen gereicht hätte. Noch heute erinnerte sich Teresa daran, wie sie einmal die Mutter am Nachmittag auf der Couch angetroffen hatte, lesend, aus einer großen Pralinenschachtel naschend und die schnurrende Ginger als Kragen um den Nacken gelegt. Ob sie eine Praline haben dürfe, hatte Teresa schüchtern gefragt. »Nur wenn du mich bis heute Abend nicht mehr störst«, war die Antwort ihrer Mutter gewesen.

Teresa war eine Weile ratlos in der Diele gestanden, dann hatte sie sich entschlossen, ins Bad zu gehen, das im oberen Stockwerk lag, dort drehte sie die Wasserhähne der Badewanne auf. Warum, das konnte sich Teresa später nie erklären. Jedenfalls hatte sie für einen Wasserschaden gesorgt, mit allem Drum und Dran.

Als Teresa im Alter von etwa zwölf Jahren begann, ständig zu niesen, als ihr die Nase lief und die Augen tränten, als sie auch nachts wegen Luftnot nicht mehr schlafen konnte, da war klar, dass sie eine Allergie gegen Katzenhaare entwickelt hatte. Die Frage »Kind oder Katze?« stellte sich erst gar nicht. Teresa kam in ein Sportinternat im Rheinland. Neulich hatte sie wieder davon geträumt: Sie saß mit ihrer Mutter im Zug und sah aus dem Fenster. Es regnete, und die Tropfen fielen dichter und dichter. Hinter dem Fenster verschwamm die Umgebung in einem wabernden Nebelfeld. Die Mutter weinte, doch Teresa glaubte ihr die Tränen nicht, und sie dachte fast übermütig, dass es für sie nur besser werden konnte.

Das Internat lag auf einem Berg, unten sah man einen Fluss mäandern. Hier hatte sie nun ihr neues Zuhause, aber die Fröhlichkeit des Traums war nicht geblieben. Sie war eine Schülerin, die am liebsten schwieg und eisern trainierte. Was hätte sie sonst tun sollen? Teresa hatte allzu gut gelernt, nicht zu stören. Sie galt schon mit vierzehn Jahren als große Hoffnung des Internats, gewann einige Meisterschaften im Eiskunstlauf, und plötzlich begannen ihre Eltern, sich für sie zu interessieren. Ihre Eltern und Herr Mayr. Er war Marktführer in der Herstellung von Sportmoden und hatte Teresa praktisch vom Siegerpodest weg geheiratet, kurz vor ihrem zwanzigsten Geburtstag.

Was sie dazu gebracht hatte, mit Herrn Mayr zum Altar zu schreiten, wusste Teresa bis heute nicht. »Weltvergessen und weltverloren«. Wo hatte sie das nur gelesen? Egal. Aber genau so hatte sie sich gefühlt bei ihrer Hochzeit. Auf den

Stufen zum Altar standen die beiden Stühle, auf denen das Brautpaar Platz nehmen sollte. Die Stufen waren schmal. Der Teppich roter Sisal. Teresa saß auf dem Stuhl und flehte, dass Gott, der doch in der Nähe sein musste, ihren Stuhl nach hinten kippen lassen möge, damit sie, Teresa, ein wenig verunglückte und ins Krankenhaus eingeliefert werden müsste. Bitte, lieber Gott.

Natürlich passierte nichts, und Teresa verließ am Arm von Herrn Mayr, dessen Frau sie nun war, die Kirche. Die Orgel spielte, und ein Cousin von Herrn Mayr filmte. Auch das noch, ging es Teresa durch den Kopf, auch das noch.

Solange Teresa immer mal wieder auf einem Siegerpodest stand, nicht nur bei Vereinsmeisterschaften, sondern auch bei der deutschen Meisterschaft im Eiskunstlauf, sah Herr Mayr ihre Schwächen mit Nachsicht. Er verzieh ihr gnädig, dass sie schüchtern war, dass sie Siegesfeiern hasste und Pressefotografen aus dem Weg ging. Immerhin zählte sie im Eiskunstlauf zum Kader – bis sie beim Training stürzte. Die Orthopädie im Klinikum rechts der Isar mit nachfolgender Reha stellte sie wieder her. Teresa war jedoch von nun an untauglich für Siegerpodeste. Und das erfüllte sie mit einer seltsamen Freude.

»Was willst du jetzt machen?«, fragte Herr Mayr ziemlich kühl, als er seine Frau aus Bad Birnbach abholte. Teresa wusste, sie war ihm lästig, genauso wie früher den Eltern. Sie betrachtete ihn von der Seite und sah zum ersten Mal, dass er ziemlich abscheulich war. Wieso fiel ihr das erst jetzt auf? In diesem Moment sagte Herr Mayr, dass sie ja nun keinen Cent mehr verdiene. Das Krankenhaus und die Reha hätten eine Menge gekostet.

»Möchtest du, dass ich dir alles zurückzahle, Cent für Cent?«, fragte Teresa, und sie merkte, dass es ihr Spaß machte, Herrn Mayr zu ärgern. Immerhin hatte sie ihr eigenes Konto behalten, gegen den Vorschlag von Herrn Mayr.

Fasziniert blickte Teresa aus dem Wagenfenster in die bayerische Landschaft vor sich, die an dem Tag in ein braunviolettes Licht getaucht war, wie Teresa es noch nie gesehen hatte. Alles wirkte übernatürlich, die Häuser, die Felder, die Menschen. Wolken jagten dahin, und manchmal sah sie ein Stück Himmel, seltsam hell, aber nicht blau, eher grau.

»Wir könnten vielleicht Kinder haben, Nachfolger für das Unternehmen«, überlegte Herr Mayr laut. Teresa wandte den Blick von der Landschaft, die allmählich in der Dämmerung verschwand.

Sie flogen nach Sardinien, die Pille war abgesetzt. Teresa spürte die strahlende Wärme bereits auf dem Flughafen Olbia. Sie fuhren in Richtung Costa Smeralda, und Teresa sah schwarze, abgebrannte Bäume, die dennoch schimmerten, schwere Gesteinsbrocken, alles gleißte nur so vor Licht. Und erst das Meer. Türkis war für Teresa die einzige Farbe, im Licht der Hitze hatten sich die Ufer aufgelöst, das Meer schien mit dem Horizont zu verschmelzen. Jeden Tag lief sie durch den körnigen Sand, und als die Abreise näher kam, konnte sie sich nur schwer von der Insel trennen. Doch schwanger wurde Teresa nicht, und als sie auf der Rückreise keinen anständigen Platz auf dem Deck der Fähre ergatterte, warf Herr Mayr ihr vor, dass sie zu nichts tauge. Zu rein gar nichts. »Nicht einmal schwanger werden kannst du.«

Auf seinen Reisen begleitete Herrn Mayr künftig eine neue Assistentin, deren Effizienz er nicht genug loben konnte.

Teresa empfand Mitleid mit Herrn Mayr. Sie fühlte sich schuldig. Vor allem, wenn er hin und wieder sagte, dass ihm Kinderlachen fehle. Sie fragte sich allerdings, ob ihre Kinder wirklich etwas zum Lachen haben würden. Ob Herr Mayr sich nicht eher Geschöpfe wünschte, duldende, schattenhafte, sich ständig schuldig fühlende Wesen, wie Teresa eines war. Heimlich verhüten konnte sie zwar nicht, das kontrollierte Herr Mayr, aber sie hatte auf Sardinien immer mit ihren ungeborenen Kindern gesprochen. »Bleibt, wo ihr seid«, hatte sie ihnen geraten, »bleibt, wo ihr seid, damit ihr nicht die Kinder von Herrn Mayr werden müsst.«

So war das gewesen. Bis zu dem Morgen, als Teresa zu ihrer Tante nach Wien reiste. »Ich muss zum Zug«, sagte sie, und Herr Mayr antwortete zerstreut: »Ja, ja, schon gut.«

In ihrem Zugabteil begegnete sie dem jungen Mann, den sie später immer mal wieder so nennen würde, obwohl er nur drei Jahre jünger war als sie selbst. Der junge Mann las in einem Buch. Teresa las auch in einem Buch. Irgendwo zwischen München und Salzburg sahen sie, dass sie denselben Roman lasen. *Mattia Pascal* von Pirandello. »Hat er schon seine Todesanzeige gesehen?«, fragte der junge Mann, und Teresa bat ihn, nichts weiter zu verraten. »Ich bin noch nicht so weit«, sagte sie.

Der junge Mann klappte freundlich sein Buch zu, seufzte kurz. »Ich fahre von Wien aus noch nach Lech«, sagte er, »ich muss meine Eltern aus dem Skiurlaub abholen. Ich hab sie mit dem Auto hingebracht. Meinem Vater macht es zu viel Stress, selber Auto zu fahren. Zugreisen mag er aber auch nicht.«

Teresa lachte. »Da kann er aber froh sein, dass Sie Zeit und Lust haben, ständig mit den Eltern herumzudüsen.«

»Bei uns ist das anders, wissen Sie«, sagte der junge

Mann. »Ich bin schon vierzig und lebe vom Geld meiner Eltern. Sie wünschen sich glühend, dass ich promoviere, und mit meiner Dissertation will es einfach nicht klappen.«

Was er denn studiere, wollte Teresa wissen. Es gefiel ihr, dass der junge Mann derart offen war und sich überhaupt nichts daraus machte, seine Schwächen zuzugeben. So einem war Teresa noch nie begegnet. Und wenn sie erst an Herrn Mayr dachte …

»Ich promoviere über Oswald von Wolkenstein«, sagte der junge Mann gerade, »und ich unterrichte einige Wochenstunden an der Uni. Das wird mir aber langsam zu viel. So kriege ich die Diss ja nie fertig.«

Als wäre er nun schon reichlich vertraut mit Teresa, zog der junge Mann seine Beine auf die Sitzbank und lehnte sich an die Abteilwand. Er sah Teresa unbefangen an. »Sie gefallen mir. Es ist schön, dass wir uns getroffen haben. Ich glaube, dass Sie mich auch mögen. Aber Sie sollen wissen, dass ich ein äußerst bequemer Mensch bin, man könnte auch sagen, faul. Mein Vater ist genauso, überhaupt meine gesamte Familie. Sie können sich das vielleicht nicht vorstellen, aber keiner von uns will arbeiten.«

Der junge Mann nahm eine Tüte mit Nüssen aus seiner Tasche, bot zuerst Teresa davon an und kaute dann selbst in aller Ruhe. Dabei sah er aus dem Fenster, dann schaute er wieder Teresa an.

»Aber wovon leben Sie denn?«, platzte Teresa heraus, fand sich dann jedoch ausgesprochen dämlich und blickte ebenfalls aus dem Fenster, wo Felder und Waldwege vorbeiflogen.

»Uns gehört eine Fabrik für Reißverschlüsse«, erklärte der junge Mann bereitwillig. »Wir haben allerdings immer nur so viel Geld aus der Firma bekommen, wie der jeweilige

Direktor erwirtschaftet hat. Mal viel Kohle, mal keine. Aber dann hatten wir riesigen Dusel. Meine Schwester hat geheiratet. Einen Betriebswirtschaftler, fleißig, ehrgeizig. Den hat uns der Himmel geschickt. Stellen Sie sich vor, der hat sich völlig mit dem Betrieb identifiziert, der erwirtschaftet beachtliche Gewinne, wir sind alle hochzufrieden. Und mein Schwager ist gottfroh, dass die gesamte Familie zu bequem ist, ihm dreinzureden.«

Der junge Mann sah Teresa forschend an. »Sie halten mich sicher für einen Spinner, oder?«

»Überhaupt nicht«, entfuhr es Teresa. »Wenn Sie wüssten!«

Der Zug lief in den Wiener Hauptbahnhof ein, und Teresa wünschte sich nichts sehnlicher, als den bequemen jungen Mann wiederzusehen. So, wie er sie ansah, ja – wie eigentlich? Bewundernd, heiter und ungemein liebevoll kam das Teresa vor. Hatte sie jemals ein Mensch so intensiv angesehen? Ihre Eltern jedenfalls nie. Denen war sie immer lästig gewesen. So wie jetzt ihrem Mann. Was Teresa auch getan hatte, ihre Eltern und Herr Mayr fanden sie unmöglich. Nicht mal im Bett konnte Herr Mayr seine Hektik, seine Sucht nach Effizienz ablegen. Er schlief mit Teresa, weil sie ein Kind bekommen sollte. Und jetzt saß da dieser schmale junge Mann im Zug, sagte, dass er ein fauler Hund sei, und Teresa fühlte sich in Wärme gehüllt. Wie erlöst von allen Zwängen. Sie sehnte sich danach, dass in ihrem Leben endlich etwas Schönes Wirklichkeit wurde.

Sie hatte Angst, dass diese wunderbare Begegnung beendet sein könnte, sobald der Zug hielt. Der junge Mann blickte sie wieder freundlich an, und Teresa fühlte sich ein paar Augenblicke lang verzaubert. Da er aber beharrlich schwieg, wusste sie, dass sie es war, die ihn auf Trab bringen musste.

Sie hörte sich sagen, dass sie heute ihre Tante besuchen, ihn aber unbedingt wiedersehen wolle. »Unbedingt«, bekräftigte sie und kam sich unglaublich mutig vor. Es war aber auch höchste Zeit, denn der Zug hielt, und sie mussten aussteigen.

»Das ist ja großartig«, meinte der junge Mann, und er strahlte, dass sich in seinen Wangen Grübchen bildeten. In die verliebte sich Teresa auf der Stelle.

»Ich dachte auch, dass wir uns wiedersehen müssten«, versicherte der junge Mann lebhaft. »Aber dann habe ich Angst bekommen, Sie könnten das aufdringlich finden. Das schien mir alles zu anstrengend.«

Teresa sah, wie bekümmert der junge Mann über diese Aussicht war, und sie fand ihn hinreißend. Am liebsten hätte sie ihn mit vielen Küssen getröstet. Doch sie zog lieber aus dem Blumenstrauß für ihre Tante eine hellrosafarbene Rose heraus und steckte sie dem jungen Mann ans Revers seiner Jacke.

»Rosa ist die Hoffnung«, behauptete der junge Mann, und er heiße Alexis.

Herr Mayr bellte Teresa an, sie solle lieber heute gehen als morgen. Außer der Zahnbürste gehöre ihr ja ohnehin nichts. Alexis freute sich über diese Tatsache. Seine Wohnung, die er nun mit Teresa teilen wollte, war besetzt von ererbten Antiquitäten. Neben einiger Unordnung gab es dort Copperfield, den Berner Sennenhund, und es gefiel Alexis, dass Teresa liebend gern mit Copperfield Gassi ging. Im Bett dagegen war Alexis überhaupt nicht bequem. Er liebte es, Teresa Kleider und Wäsche auszuziehen und sie nackt aufs Bett zu legen. Er berührte und küsste sie überall, wollte ihren Körper immer fester an sich drücken, und Teresa streichelte seinen Rücken, ließ ihre Lippen über seinen kräftigen Hals gleiten und strich ihm die Haare aus dem Gesicht, die ihm in die Stirn fielen. Sie wusste nicht, wohin ihre Zärtlichkeit sie noch treiben würde. Doch es war ihr, als würde das Eis in ihrem Innern Stück für Stück schmelzen.

Teresa erwähnte irgendwann den Besuch bei der Ärztin, dass sie im dritten Monat sei, und Alexis schnappte sie sich und trug sie durch die Wohnung, von einem Zimmer ins andere und wieder zurück, und wollte es Copperfield mitteilen und seiner ganzen bequemen Familie, in der es kein einziges Enkelkind gab.

»Wie siehst du denn aus?«, fragte Herr Mayr aufgebracht, als er Teresa auf ihrem Schwangerschaftsspaziergang traf, denn die Wohnung des jungen Paares lag zufällig unweit der Villa Mayr. Teresa hatte das sehr beklagt und Alexis schon mehrfach gebeten, mit ihr in ein anderes Stadtviertel umzuziehen. Das hatte der aber entschieden abgelehnt. Es war das erste Mal, dass er Teresa einen Wunsch abschlug. Doch ein Umzug, so erklärte er Teresa weitschweifig und liebevoll – ein Umzug sei derart viel Arbeit, so viel Mühe wolle er sich keinesfalls aufladen. Er müsse schließlich noch seine Dissertation über Oswald von Wolkenstein schreiben. Und ihn störe Herr Mayr nicht, Teresa müsse ebenfalls so weit kommen, dass Herr Mayr ihr vollkommen gleichgültig sei.

Und nun hatte Teresa Herrn Mayr tatsächlich getroffen. Was sollte sie auf seine Frage sagen? Sie sah schwanger aus, und zwar entschieden. Also schwieg Teresa und sah Copperfield zu, wie er aus einer Pfütze Dreckwasser schlabberte.

»All die Jahre bist du nicht schwanger geworden und dann so plötzlich?«, knurrte Herr Mayr, und Teresa sagte leise, dass ihr neuer Mann ihre erste große Liebe sei. »Ich liebe die Liebe mit ihm, es ist wunderbar, vollkommen.«

Teresa bekam Zwillinge, und als sie Herrn Mayr wieder einmal beim Spazierengehen traf, schob sie die beiden im Kinderwagen. Herr Mayr schaute prüfend in den Wagen und betrachtete die Zwillinge. »Die sehen mir ja ähnlich«, behauptete er streitsüchtig. Das müsse eine Projektion sein, sagte Teresa kühl, und Herr Mayr wollte wissen, wie sie die beiden genannt habe.

»Friedrich und Wilhelm«, sagte Teresa leicht gereizt, und Herr Mayr brachte den Mund nicht mehr zu. »Das sind meine Vornamen, das ist die pure Gemeinheit!« Da Teresa schwieg, fragte er leise: »Oder ist es etwa Anhänglichkeit?«

Friedrich und Wilhelm seien zufällig auch die Vornamen ihres neuen Schwiegervaters, sagte Teresa ungerührt, und Herr Mayr stürmte davon.

Alexis liebte Teresa, er wollte alles Traurige aus ihren Gedanken hinauswerfen, und er versicherte ihr, dass er schon sein gesamtes Leben lang auf sie gewartet habe. »Ich habe großes Glück gehabt mit dir, das ist mir klar!«

Er liebte auch Friedrich und Wilhelm, spielte mit ihnen, fütterte und wickelte sie, wenn gerade niemand anders für seine Söhne da war. Doch in Arbeit sollte das möglichst nicht ausarten. Er engagierte ein Au-pair-Mädchen für die Zwillinge und eine Putzhilfe für den Haushalt. Schließlich musste er noch seine Dissertation über Oswald von Wolkenstein schreiben.

Die Zwillinge waren schon drei und stapften mit dem Au-pair-Mädchen durch die Pfützen des Viertels, als Teresa Herrn Mayr wiedersah. Er sah müde aus, fahl. Fand jedenfalls Teresa. Herr Mayr berichtete von einem Hörsturz, den er erlitten, von seiner Assistentin, die ihn verlassen habe. »Eigentlich«, sagte Herr Mayr zu Teresa, »eigentlich war die

Zeit mit dir meine schönste, obwohl du unmöglich warst. Komm doch zu mir zurück. Friedrich und Wilhelm und das Kindermädchen kannst du mitbringen.«

Teresa schwieg. Sie schaute auf den Boden. Drohend sagte Herr Mayr, dass er dies Angebot nicht wiederhole. Einen Mann wie ihn fände Teresa nicht noch einmal.

»Das will ich hoffen«, sagte Teresa.

Vier Kinder mit Julia

Würde so jeder Morgen seines künftigen Lebens aussehen, überlegte Axel, als er sich auf Napoleon schwang und sah, wie Klara das Sternchen aus dem Stall führte. Wann hatte Axel begonnen, sich Fragen zu stellen, die ihn und Klara betrafen? War es erst, seit er Julia im Metropoltheater getroffen hatte? Ihre dicken Locken unter einer Kappe verborgen, hatte sie in dem neuen Stück des englischen Autors einen störrischen Vierzehnjährigen gespielt. Bei der Premierenfeier traute Axel sich gar nicht hin zu ihr, so exzentrisch und geheimnisvoll erschien sie ihm. Viele Zuschauer drängten sich um sie, gratulierten ihr, fragten nach ihrer Ausbildung, nach ihren Plänen. Axel hätte sich da niemals eingereiht. Doch ein Freund stellte ihn vor, und Julia zeigte sich locker, strahlend, flirtend, gab sich dann wieder rätselhaft und sprach plötzlich ernsthaft davon, dass sie einmal heiraten und vier Kinder wolle. Mindestens. »Ich will keine Schauspielerin werden«, behauptete sie, obwohl sie diesen Beruf offenbar erfolgreich ausübte; sie wolle auch keine Prinzessin oder Königin sein – »Nein! Ich will Mutter von vier Kindern werden!« Und dabei hatte sie Axel angefunkelt. Einige der Umstehenden lachten amüsiert, und Axel war leider nichts Besseres eingefallen, als sich zu verdrücken. Er fuhr geradenwegs heim ins Lehel, den Stadtteil Münchens, wo es ihm am besten gefiel und wo er mit Klara zusammen eine Wohnung hatte. Thierschstraße.

Hinterhof. Genau richtig für Klara und ihn. Doch vor das Bild Klaras, die ihm jetzt häufig verschlossen und grüblerisch erschien, schob sich immer öfter Julias strahlendes Gesicht.

Sie ritten ohne Sattel, Napoleon warf stolz seinen Kopf auf, und Axel ließ ihn rennen. Er war selbst davon überwältigt, wie sich dieses Pferd, das er klapperdürr und todtraurig im Schlachthof gekauft hatte, nach Monaten liebevoller Pflege seines Lebens freute.

Als könnte sie Gedanken lesen, rief Klara zu Axel hinüber, dass Napoleon jetzt ein richtiger Korse sei, wild und abenteuerlustig. »Es lohnt sich doch, was wir machen. Das hat auch der neue Tierarzt gesagt. Sobald er sich in der Praxis zurechtgefunden hat, will er unsere Pferde auch mal kostenlos behandeln.«

Für einen Moment strahlte Klara, und Axel fand wieder einmal, dass ihr eher strenges Gesicht hübsch aussah, wenn ihre Wangen von der Luft gerötet waren und ihr Haar vom Wind verstrubbelt. Klara saß auf Sternchen, dem Pony, das so klein war, dass Klaras Beine fast den Boden berührten. Aber Sternchen konnte so entschieden betteln, wenn Axel und Klara die Pferde bewegten, dass Klara häufig nachgab und mit Sternchen ausritt, obwohl eigentlich Pharao ihr Lieblingspferd war.

Sie waren im Forst, ritten über eine Lichtung, als Napoleon langsamer wurde, vorsichtig – und dann sahen sie auch schon die Muttersau mit ihren Jungen, die ihren beträchtlichen Leib über die Lichtung balancierte und zu Napoleon aufblickte. Kurz, so als wollte sie fragen: »Is was?« Napoleon fand alles in Ordnung, stand geduldig, doch Sternchen schlug nervös aus. Klara konnte ihr kleines Pferd jedoch beruhigen. Axel atmete unbewusst tief durch, denn

Klara stand der Muttersau praktisch Auge in Auge gegenüber. Doch am Ende trollte sie sich. Gottlob. Klara und Axel konnten weiterreiten.

Pharao, Napoleon und Sternchen gehörten Axel und Klara gemeinsam. Auch Frau Holle, eine weiße, halbblinde Stute, sowie Hasch, ein brauner Hengst. Sie standen in Schäftlarn im Stall auf einer großen Weide, die Axel und Klara von einem Bauern gepachtet hatten.

»Ihr seid ja verrückt!« Wie oft hatten Klara und Axel das schon gehört. »Die fressen euch ja arm! Und dann die Kosten für den Tierarzt! Denkt an eure Zukunft!«, riefen die Eltern bei jedem neuen alten Pferd, das in Schäftlarn einzog.

Die Zukunft. In letzter Zeit dachte Axel immer häufiger darüber nach, ob es mit Klara und ihm so weitergehen sollte. Axel war der einzige Junge im Reiterverein gewesen. Das hatte ihn nicht gestört, denn da war ja Klara. Beide besuchten dasselbe Gymnasium, machten gemeinsam Abitur. Klara nahm Gesangsunterricht, Axel Klavierstunden. Sie schrieben sich in Theaterwissenschaften ein, gründeten mit Freunden die Gruppe Harmonists Today. Von den Auftritten konnten sie gerade mal so existieren. Weil ihre Wohnung relativ billig war. Weil sie keine hohen Ansprüche hatten. Fast alles Geld ging für die Pferde drauf.

Der einzige Mensch, der half, war Axels englische Großmutter Molly. Zwar nannte sie die heruntergekommenen Pferde verächtlich *die Pferds*, doch beim alten Brot, dass die Großmutter aufhob, fand Axel oft ein Kuvert mit Geld und einen Zettel, auf dem stand: *Für die Pferds.* Bald sprachen Axel und Klara auch nur noch von den *Pferds*.

Axel wandte sich um nach Klara. Sie nickte ihm zu, klopfte Sternchen den Hals. Schien es ihm nur so, oder war Klara noch ernster als sonst, gar verschlossen?

In der letzten Zeit wurden die Engagements der Gruppe rar. Sie spürten die Rezession. Wie alle Kollegen. Axel brach manchmal der Angstschweiß aus, wenn er an die Pacht für Schäftlarn dachte, Tierarzt- und Futterkosten, die ihnen jedes Mal höher erschienen. Und immer am Morgen um sechs rausfahren, die Tiere versorgen, sie bewegen und frottieren und striegeln. Dann runter mit den stinkenden Klamotten, der Geruch nach Pferden, Stall und Mist war nur mit viel Wasser und Duschlotion zu besiegen. Manchmal war Axel alles zu viel. Kinder könnten auch nicht anstrengender sein, dachte er neuerdings, denn Julia hatte angerufen, ihn einfach gefragt, ob sie sich sehen könnten.

Er sehnte sich danach. Doch wie sollte er es Klara erklären? Axel spürte einen Kloß im Hals. Die Muttersau mit ihren Ferkeln hatte ihn an den letzten Urlaub auf Sardinien erinnert, als Klara und er in einem Waldstück Picknick machten. Sie hatten das Auto mit offenen Türen stehen lassen, um es auszukühlen. Als sie wieder einsteigen wollten, lagen drei junge Wildschweine wie selbstverständlich auf dem Rücksitz. Vorsichtig versuchten Axel und Klara, die Jungen vom Sitz zu schieben, als ein Eber heranschoss und auf Axel losging. Klara startete das Auto, Axel konnte gerade noch hineinspringen, und gefolgt von dem galoppierenden Eber fuhren sie mit den Jungen davon, bis sie an der Straße waren und den Eber abschütteln konnten. Die Jungen wollten offensichtlich auf dem Rücksitz liegen bleiben, sie waren störrisch und schnappten aggressiv um sich, bis Klara schließlich einen Korb über jedes einzelne Schwein stülpte und es so aus dem Auto bugsierte.

Axel atmete tief durch. Wie hatte er nur tagelang daran denken können, Klara zu verlassen? Er war doch ein Vollidiot. Was würde er ohne sie anfangen? Sie hatten fünf Pferde zu versorgen. Außerdem – was wollte er eigentlich? Was fehlte ihm? Wo er mit Klara war, war es schön.

Als sie wieder am Stall ankamen und abstiegen, ging Axel auf Klara zu, um sie zu umarmen, doch sie wandte sich ab. Sagte lakonisch, der neue Tierarzt wolle sie heiraten und vier Kinder mit ihr haben. Und sie wolle das auch. Schon seit Tagen und Wochen habe sie vorhabt, mit Axel darüber zu reden.

Verdammt!, dachte Axel. Und ich Idiot hab nicht mal die Telefonnummer von Julia.

Advent am Marienplatz

Von der Theatinerstraße kommend, ging Christiane in eine der Budenstraßen hinein, die in der Weihnachtszeit den Marienplatz in einen von Menschen wimmelnden, nach Glühwein und Bratwurst duftenden Weihnachtsmarkt verwandelten. Im Winter, wenn das eigentümliche Nachmittagslicht den Platz zum Glühen brachte, fühlte Christiane sich oftmals zurückversetzt ins Mittelalter, wie sie es auf Bildern und in Büchern immer wieder angeschaut hatte. Es war, als bewegte sie sich in einer Burganlage, wo alles eng beieinanderstand: das alte und das neue Rathaus, die aus dem Dunst aufragende vertraute Kirche mit den Spitzen wie Bratäpfel. Das hatte Christianes Klavierlehrer immer gesagt, und Christiane fand, dass da etwas dran war. Sie dachte an das alte Ritterspiel, das ihr Bruder Max einmal zu Weihnachten bekommen hatte, eine Burg mit gewaltigen Türmen und einem richtigen Glockenspiel, das daumengroße Burgfräuleins tanzen und Ritter mit schimmernden Lanzen im Kreis herumreiten ließ. Christiane war fasziniert gewesen, als Max den großen Karton auspackte. Sie hatte ihrem Bruder geholfen, die Figuren auszuwickeln, die historischen Gebäude mit dem liebevoll gestalteten Mobiliar auszustatten. Christiane hatte sich immer gemahnt, Max nicht zu dominieren, doch es zeigte sich rasch, dass ihm diese aufwendig gearbeitete Burganlage von Herzen gleichgültig war. Ohne besondere Absprache ging sie in Christianes Besitz über, die sich immer vergeblich eine Ritterburg gewünscht hatte. Sie war ihr Lieblingsspielzeug. Bei ihr rückten die Ritter mindestens einmal die Woche in den Krieg aus und ließen weinende Burgfräuleins zurück.

Wie lange war das schon her! Jetzt gehörte die Burg zu den vielen Weihnachtserinnerungen ihrer Kindheit, wie heruntergebrannte Kerzen oder Asche aus dem erloschenen Kaminfeuer.

Christiane war fünfundzwanzig, und sie sah keinem Kinderweihnachten entgegen, sondern bereitete das Fest vor für ihre Eltern, für die Großmutter, für ihren Bruder Max und für Antonio, ihren Freund. Außerdem feierte Christiane am Heiligabend ihren Geburtstag, und Antonio hatte vorgeschlagen, an diesem Tag zu heiraten. Das war Christiane entschieden zu früh gewesen. Schließlich kannte sie Antonio erst knapp ein Jahr, doch ihre Eltern hatten seinen Plan unterstützt, zum großen Erstaunen Christianes. Nur die Großmutter sagte in ihrer ruhigen, sachlichen Art, dass sie sich Zeit nehmen solle. »Überleg es dir gut, Kind«, hatte sie gesagt, »das Leben kann ziemlich lang sein.«

Seit jenem Tag hatte sie in sich zunehmend Widerstände gegen eine Heirat an Weihnachten gespürt; wenn sie einmal heiraten würde, dann gewiss nicht an diesem Tag. Sie hätte nicht sagen können, wann das losgegangen war mit ihrer Abwehr gegen all die Weihnachtsschönheit um sie herum, die sie zwar optisch durchaus als hübsch empfand, aber auch als unecht, verlogen. Kein einziger Engel kam jemals vom Himmel, und die Heilige Familie in Bethlehem war genauso ein schöner Traum wie die Weisen aus dem Morgenland. Doch Christiane machte mit, feierte mit ihrer Familie das Weihnachtsfest als eine Tradition, die besonders ihrer

Mutter, dem Vater und der Großmutter viel bedeutete, doch für die Tränen der Ergriffenheit in der Christmette oder unter dem mit kostbarem altem Schmuck behängten Tannenbaum hatte sie keinerlei Verständnis. Sie fand es ziemlich komisch, wie ihre Mutter mit den Augen zwinkerte, damit die herablaufenden Tränen ihr Make-up nicht zerstörten.

Vater räusperte sich dauernd, weil er an die Erlösung durch das Kind in der Krippe auch nicht so recht glauben konnte, andererseits aber mit seinem Delikatessengeschäft um die Weihnachtszeit den größten Umsatz des Jahres machte.

Einzig der Großmutter nahm Christiane ab, dass ihre Gefühle echt waren, wenn sie die alten Lieder sang und darauf bestand, in die Christmette zu gehen. Sie betete vor jeder Mahlzeit um Gottes Segen und meinte das auch so, und sie gab ohne Aufhebens viel Geld für die Armen. Sie übertreibe es damit, meinte oftmals ihr Sohn, doch die Großmutter beschied ihn sachlich und bestimmt, dass für ihn genug bleibe. Früher hatte die Großmutter Christiane und Max oft in den Dom zu Unserer Lieben Frau mitgenommen, wo beide getauft worden waren, doch als sie spürte, dass die Kinder nur noch ihr zuliebe mitgingen und besonders Max seine Langeweile nicht verbergen konnte, verzichtete sie auf ihre Begleitung. Außer bei der Christmette!

Christiane glaubte nicht an das Fest der Liebe. Schon lange nicht mehr. Das konnte doch nicht wahr sein, dass sich einmal im Jahr alle an der Geschichte von der göttlichen Liebe freuten, an dem Kind in der Krippe, für das sie sich sonst überhaupt nicht interessierten. Es war Christiane immer wieder gegenwärtig, wie verlegen ihre Eltern am Heiligen Abend und am ersten Weihnachtstag waren. Sie hätten endlich einmal Gelegenheit gehabt, mit ihren Kindern zu spielen. Das Geschäft war geschlossen, doch sie wussten nicht, was sie mit Christiane und Max anfangen sollten. Die Mutter zelebrierte immer aufwendigere Mahlzeiten in immer aufwendigeren Dekorationen, als wollte sie damit die Zeit ausfüllen. Christiane und ihrem Bruder war das Brimborium lästig. Vater schenkte bedürftigen Leuten Präsentkörbe aus seinem Delikatessengeschäft, weil seine Mutter darauf bestand. Christiane und Max mussten ihn begleiten, auch darauf bestand die Großmutter. Sie sollten sehen, in welch armseligen Verhältnissen viele Menschen lebten. Christiane sah manchmal Tränen in den Augen der Beschenkten, aber auch eine gewisse Scham, die sie verlegen machte. Ihr Vater war am Ende gerührt über seine eigene Großzügigkeit. Christiane fand ihn sentimental, und sie fühlte einen schalen Geschmack im Mund. Die gesamte Familie war erleichtert, jeder auf seine Weise, wenn am zweiten Feiertag der Zwang zu großen Gefühlen wie der Liebe zu Gott und dem Nächsten schon etwas nachließ.

Der Geruch nach Punsch stieg Christiane in die Nase. Der Punsch war Realität, und meistens schmeckte er sogar. Sie kaufte einen Becher und kämpfte sich aus dem Pulk von Menschen hinter die tannengeschmückte Bude, wo sie mit ihrem hochgefüllten Becher vielleicht nicht so oft angestoßen würde.

Ein junger Mann stand dort und blies geduldig oder etwas abwesend den Dampf von seinem Punsch. Zwei große Hunde saßen neben ihm und schauten ihm aufmerksam zu.

»Jessas«, entfuhr es Christiane, »Sie haben aber zwei Riesenviecher!« Sie verstummte, fand ihre Bemerkung überflüssig und wollte sich wegdrehen, da sah sie die dunklen Augen des jungen Mannes überrascht auf sich gerichtet, und er erwiderte freundlich, dass die Hunde aus dem Tierheim stammten. »Sie sind im Moment die Einzigen, die jeden Tag sehnlichst auf mich warten.« Der Junge schien ruhig, doch seine Augen waren verschattet. Christiane sah einen Kopf mit klarem Profil, dichtes dunkles Haar, das kurz geschnitten war. Er trug derbe Schuhe und eine fellgefütterte Jacke zu klassischen Jeans. Er sieht überhaupt nicht bedauernswert aus, dachte Christiane, und doch hatte sie das Gefühl, ihn trösten zu müssen, so als wäre er traurig und sie dafür verantwortlich. Doch, natürlich war er traurig, warum sonst kümmerte er sich um verlassene Hunde?

Stumm nippten beide an ihrem Punsch. Menschen schoben sich an ihnen vorbei. Vor Kälte heulende und um dies und jenes quengelnde Kinder. Väter und Mütter, die das Gequengel ignorierten, weil man es auf dem Weihnachtsmarkt schön zu finden hatte. Das gehörte sich so. Basta. Christiane spürte trotz des heißen Glühweins, dass sie fror, und plötzlich hörte sie sich zu dem Jungen sagen, sie wüsste gern, warum er traurig sei – und auch diesmal hätte sie sich am liebsten auf die Zunge gebissen. Was ging es sie an? Sie sollte schon längst im Franziskaner sein, um mit ihrer Familie und Antonio zu vespern.

Der junge Mann schien gar nicht überrascht. Er erklärte Christiane ruhig, dass er vor einem Jahr den Arbeitsplatz verloren habe, als seine Firma in Konkurs ging. Seitdem habe er jeden Tag mindestens fünf Bewerbungen abgeschickt und jeden Tag fünf zurückbekommen. Er habe zwei Diplome und könne immer noch nicht glauben, dass es im Arbeitsleben für ihn keinen Platz mehr gebe. Aber offenbar sei das so. Tausenden ginge es wie ihm, seine Probleme seien banal, trotzdem könne er sich nicht mit der Rohheit und Rücksichtslosigkeit abfinden, mit der Menschen aus ihrer Existenz herausgekippt würden.

»Es gab nicht mal einen Sozialplan. ›Ich wünsche Ihnen Gottes reichen Segen‹, hat mir der Chef in seinem Abschiedsbrief geschrieben. Er hat seine Millionen in Sicherheit. Und jeder sieht das und weiß das, jeder findet das traurig, man schiebt es auf die Globalisierung, auf politische und ökonomische Entwicklungen, für die keiner was kann – und morgen feiern alle Weihnachten, lassen die ganz großen Gefühle raus!«

Der Junge goss den Rest aus seinem Becher in die Tannenzweige, die Hunde schüttelten sich erwartungsvoll, und er griff die Leinen und wandte sich zum Gehen. »Entschuldigen Sie, ich labere Sie hier zu«, sagte er und sah Christiane leicht verlegen an. Sie stellte ebenfalls ihren Becher ab, und der Junge fragte höflich, ob er sie ein Stück begleiten solle. Christiane nickte, und er ging mit den Hunden neben ihr her, machte ihr Platz im Gedränge und sah sie so ruhig und freundlich an, dass Christiane schlucken musste. Es war etwas in seinen Augen, in seinem Gesicht, das sie anzog, das nur für sie bestimmt schien.

Christiane hörte mit einem Mal die Blasmusik, sie spürte die kalte Luft in ihrem Gesicht und sah den Marienplatz in einem unwirklichen, verzaubernden Licht; es war ihr, als müsste sie sich neu orientieren. Eine leise, fieberhafte Erregung stieg in ihr auf, fast teilte sich das Zittern ihren Händen mit, und Christiane atmete tief durch und genoss die starke Anziehungskraft, die von dem gutaussehenden Jungen ausging.

Sie waren vor dem Franziskaner angekommen, und als Christiane sich verabschiedete, sagte sie ihm ihren Namen, zeigte ihm sogar das Haus ihrer Familie, das in der Nähe lag. Auch er nannte ihr seinen Namen, Hinrich, nein, nicht Heinrich, er könne nichts dafür. Einer der Hunde hob tatsächlich seine beträchtliche Pfote, und Christiane tätschelte den breiten, aber schönen Kopf.

Dann ging sie in das Restaurant, wo jeder Ober sie kannte. Man nahm ihr den Mantel ab und hängte ihn auf. Christiane sah ihre Familie an dem Sechsertisch sitzen und dachte daran, wie rasch Antonio sich in ihre Familie integriert hatte. Er war Betriebswirt, hatte sich schon nach wenigen Monaten seiner Beziehung zu Christiane in die Leitung des Delikatessenladens eingeklinkt, war Assistent des Vaters geworden. Christiane wusste oft nicht, ob ihm das väterliche Geschäft wichtiger war als sie. Das hatte sie jedoch nie wirklich gestört. Sie war froh, dass ihr Vater Unterstützung bekam, denn Max, der vorgesehene Erbe, hatte Musik studiert, war Dirigent geworden und arbeitete mit einigen Musikchören auf dem Land. Christiane sah ihn mit seiner jungen Frau neben Antonio sitzen. Er musste sich offenbar Antonios Pläne für die Erweiterung des Geschäfts anhören, denn sein Gesicht hatte den Ausdruck höflicher Langeweile, den Christiane so gut an Max kannte. Die Eltern jedoch hörten Antonio zu, sie schienen begeistert, auch Großmutter nickte manchmal zustimmend. Eigentlich gehörte der ganze Laden noch ihr, doch sie hielt sich raus, wollte aber informiert bleiben.

Christiane sah ihre Angehörigen um den Tisch sitzen. Sie wollten nichts wissen von der Unbarmherzigkeit des Lebens, nichts vom verschämten Elend vieler Arbeitsloser, von Terror und Brutalität der Kriege, die geführt wurden. Natürlich waren sie nicht schuld an dem Bösen und Traurigen dieser Welt, aber sie waren darin zufrieden, hofften, erwarteten, dass sie unbehelligt blieben. Für immer und ewig.

Rasch nahm Christiane ihren Mantel vom Haken. Wenn sie sich beeilte, würde sie Hinrich noch einholen.

Tod der Tandlerin

Die Mädchen glitten auf Rollerblades in den Laden, und die Tandlerin, ohnehin mürrisch wegen des schlechten Umsatzes, hörte gar nicht erst auf, ihre Fingernägel zu feilen. Sie überlegte schon lange, ob sie ihr Geschäft künftig werktags nur an zwei Abendstunden öffnen sollte. Unter der Woche kamen doch keine gescheiten Kunden. Höchstens solche wie die beiden da, die ihr den Laden durcheinanderbrachten und die Zeit stahlen. Die Tandlerin schaute scheel auf die zwei Mädchen. Etwa sechzehn mochten die sein. Trugen kurze ausgefranste Shorts, und beim Anblick der prallen Pobacken am Ende der gebräunten Beine wurde das Gesicht der Tandlerin noch abweisender. Herausfordernde Dinger waren das heute, schamlos, wie sie sich den Mannsbildern darboten.

Babsi sah die Ablehnung im Gesicht der Tandlerin, und sofort stieg Wut in ihr hoch. Diesen Blick hatten sie alle: Mütter, Tanten, Lehrer – eben das Friedhofsgemüse. Dabei wusste Babsi, dass ihre Mutter alles dafür geben würde, wenn sie mit nackten Beinen auf Rollerblades durch die Stadt düsen könnte. Und die Tandlerin genauso. Etwa vierzig mochte sie sein, genau wie Babsis Mutter. Rote Krallen, im Dirndlausschnitt schon die ersten Knitterfalten. Vom Gesicht gar nicht zu reden. Hundert Jahre Wurschtgewitter. Das sagte Babsis Großmutter immer, wenn sie ein Gesicht alt fand. Wurschtgewitter. Babsi liebte das Wort.

»Sie kann uns nicht leiden«, sagte Babsi zu Meike, die gerade in einem Haufen Kleider stöberte, der in einer Ecke gleich neben der Tür aufgetürmt war.

»Lass die Klamotten liegen«, sagte die Tandlerin scharf, »die hab ich noch nicht ausgezeichnet.«

»Warum machst du das denn nicht, du faule Sau.« Meike sagte es leise und höflich, sodass der Tandlerin ob dieser so sanft geäußerten Frechheit erst einmal der Mund offen stehen blieb.

»Du siehst doch, sie muss erst ihre Fingernägel richten, das ist ihr wichtiger als die Kundschaft. Aber meine Oma hat immer gesagt: ›Mache deine Nägel rein, wenn du glaubst, allein zu sein.‹ Meine Oma wusste, was sich gehört.« Babsi befleißigte sich, Meikes höflich leisen Tonfall nachzuahmen. Beide kannten diese Sprechweise aus Kriminalfilmen, und sie fanden es immer wieder erstaunlich, wie leicht man damit Leute auf die Palme bringen konnte.

Beide Mädchen machten sich jetzt daran, den herumstehenden Trödel zu inspizieren. Sie zogen Klamotten vom Kleiderständer und probierten sie an, Meike kramte in den Schmuckvitrinen, jedes Stück warfen sie verächtlich in eine Ecke.

»Kundschaft? Unverschämt seid ihr. Asoziale!« Die Tandlerin schoss jetzt förmlich aus ihrer Ecke hervor, an ihrem Hals schwollen die Adern dick an. Sie wollte Babsi und Meike aus dem Laden haben, doch die Mädchen beachteten sie gar nicht.

»Wir sind Kunden«, murmelte Meike höflich, »wir wollen in Ihrem schönen Laden einkaufen.«

»Macht's, dass ihr 'nauskommt!« Die Tandlerin schrie jetzt. »'naus! Ihr macht's ja bloß an Verhau. Und mit die blöden Dinger verkratzt ihr mir meinen Fußboden. 'naus!«

Die Tandlerin riss jetzt an Babsis und Meikes Jacken, wollte die Unbotmäßigen zur Ladentür zerren. Doch die Mädchen waren kräftig, sie schubsten die Tandlerin ziemlich unsanft zurück in ihre Ecke. Meike hob ihr Bein und zeigte auf die Rollen an ihren Füßen. »Das sind Inlineskates, alte Mutter, nix für deine Generation. Wetten, dass du keinen Meter damit fahren könntest?«

»Du würdest dir sofort deine überkronten Vorderzähne ausschlagen«, setzte Babsi freundlich hinzu.

»Jetzt reicht's mir, i ruf die Polizei. Des is ja Hausfriedensbruch!« Die Tandlerin wollte aufspringen, zum Telefon, das auf einem Hocker stand. Sofort setzte sich Meike auf den Apparat, kreuzte die Arme vor der Brust und sah die Tandlerin herausfordernd lächelnd an. »Leider besetzt!« Babsi hielt die Tandlerin, die sich auf Meike stürzen wollte, mit einem sicheren Griff fest und dirigierte sie durch einen schmalen Eingang in eine muffige kleine Hinterstube, die Babsi zuvor ausgemacht hatte.

In diesem Moment spürte die Tandlerin, dass die Situation ihr aus der Hand glitt. Jene Illusion, der leichte Rausch vom Bewusstsein ihrer Schönheit, die ihr noch nicht verloren galt, jene Sicherheit, die ihr die Zugehörigkeit zur Klenzestraße gegeben hatte, jener sanfte, sie über ihre Realität hinaushebende Geltungsrausch erloschen mit einem Mal. Die Tandlerin erstarrte wie im Krampf. Seit über zwanzig Jahren war sie in diesem Laden. Hatte ihn von der Mutter übernommen. Zunächst mit einer leisen, wortlosen Verachtung, als ein ihr nicht gemäßer Platz, höchstens geeignet als Übergang hin zu etwas Größerem.

Als die Tandlerin im Alter der Mädchen gewesen war, vielleicht etwas älter, so um die achtzehn, da hatte sie geglaubt, aufzuerstehen aus dem Trödel. Sie hatte gedacht, es sei leicht, den kleinen Kneipen und den kleinen Hoffnungen der Klenzestraße zu entkommen. Aufzusteigen in die Kreise von Leuten, die im Tantris verkehrten, im Hotel Vier Jahreszeiten, wo der damalige Chef der Tandlerin jährlich zur Modewoche einen Raum gemietet hatte. Da wurde von morgens bis abends Wäsche vorgeführt, und die Tandlerin war eines der Models gewesen. Damals hatte sie erstmals jenen Rausch verspürt, von der Schönheit und der Größe der Welt. Auch wenn diese Welt für die Tandlerin darin bestanden hatte, Dessous vorzuführen und die Blicke der Männer zu spüren. Ja, die Tandlerin hatte durchaus nackte Beine gezeigt, aber aus Profession und im kleinen, diskreten Kreis. Nicht wie die ausgeschamten Madels heut, die alles herzeigen für nichts und wieder nichts. Und schließlich hatte die Tandlerin jeden Abend die Belohnung bekommen – das Honorar bar auf die Hand. Sozusagen als Sahnehäubchen ging es anschließend zum Dinner in die ersten Restaurants der Stadt. Das hatte auch zum Geschäft gehört, und wenn manchmal ein wenig mehr passiert war mit den Herren, nun ja … Wer konnte ahnen, wohin das alles führen würde? Warum sollte ihr Schicksal nicht ungewöhnlich verlaufen, jäh vorstoßen in die Weiten der großen Welt? Und schließlich hatte die Tandlerin im nächsten Jahr wieder dabei sein wollen und im folgenden Jahr ebenfalls.

Aber dann waren die Models immer jünger geworden. Der Chef hatte die Mädchen über Agenturen kommen lassen, die nur Sechzehn- bis Achtzehnjährige nahmen, vorzugsweise aus Amerika. Es wurde häufig englisch gesprochen in der Garderobe, und die Tandlerin konnte nur ein paar Brocken. So langsam hörte das auf mit der Modewoche. Der Rausch und das Hoffen begrenzten sich auf die Ausdehnung der Klenzestraße, ein kurzer, ziemlich ereignisloser Weg. Dann starb die Mutter bei einem Unfall, und plötzlich war der Trödelladen in der Klenzestraße alles, was der Tandlerin geblieben war. Doch immerhin wusste jeder in der Nachbarschaft, dass die Tandlerin schon andere Zeiten gesehen hatte. Man erzählte davon nicht ohne Häme, aber eher gutmütig. Das Madel war schließlich eine aus der Klenzestraße, war eine von ihnen.

Nicht wenige Männer hatten Interesse an der Tandlerin, ohne Zweifel, doch sie musste keinem schöntun, sie war in festen Händen. Nicht zuletzt daher bezog sie ihre ruhige Selbstgewissheit, die sie erhob über Gleichaltrige, die immer mehr Enttäuschungen mit den Männern hinnehmen mussten, frustriert allein ins Kino oder zum Essen schlichen. Es war ein Triumph für die Tandlerin, dass ihr Lebensgefährte der Wirt des Landsberger Hofes war, gleich um die Ecke, ein gutbürgerliches Restaurant, angesehen und gut besucht. Von Heirat wollte ihr Freund leider nichts wissen, aber die Tandlerin konnte ihm, der ein Sammler war, immer mal wieder ein antikes Prachtstück aus ihrem Fundus schenken. Dann war der Wirt, der sonst eher maulfaul und brummig war, sehr gerührt und schaute auch schon mal auf einen Sprung vorbei.

Niemals wäre die Tandlerin auf die Idee gekommen, dass ihr in ihrem Laden etwas passieren könnte. Sie, die auch mit schwierigsten Kunden sofort fertigwurde, sie notfalls aus dem Laden warf, war plötzlich in einer Situation, die sie erst begriff, als sie schon im Hinterzimmer hockte, wo niemand sie hören konnte – völlig ausgeliefert. Die Tandlerin fühlte, wie sich alles in ihr zusammenzog, wie nur noch ein süßes Gefühl der Zugehörigkeit zu dem alten muffigen Geschäft blieb. Untrennbar verbunden fühlte sich die Tandlerin plötzlich ihrem Laden, den sie früher verachtet hatte. Sie hörte und sah ihre Mutter, als stünde sie vor ihr. Die Mutter, die in dem Laden gearbeitet hatte, seit die Tandlerin denken konnte.

Und nun schien alles um sie herum zu versinken. Das Schicksal, ihr Schicksal, ausweglos und jäh, würde sich hier und jetzt vollziehen. Die Tandlerin wusste es mit einem Mal, auch wenn sie es noch nicht glauben mochte. Daher sammelte sie ihre Kräfte, versuchte, die Stille und Reglosigkeit zu durchbrechen, die Leere, die so gefährlich war in dieser verrinnenden Zeit. Die Tandlerin wollte mit den Mädchen reden. Doch während sie sprach, war ihr bewusst, dass es keinen Ausweg gab, dass sie nicht die richtigen Worte fand, dass sie nur noch eine kurze Frist hatte, die unerbittlich lief und ablief. Trotzdem rief die Tandlerin, und sie hörte ihre Stimme wie von fern: »Was wollt's denn von mir. Ich hab euch nie was getan. Geht's heim, und ich vergess die Sache.«

»Sie hat uns Asoziale genannt, Meike. Sie wollte uns rausschmeißen aus ihrem Laden. Steht darauf bei uns nicht die Todesstrafe?«

»Mindestens«, sagte Meike kühl. Sie trug jetzt über ihren Shorts eine alte Kniebundhose aus Leder, das Prachtstück der Tandlerin. Trotz ihrer Erschütterung und ihrer Ahnung von der Unerbittlichkeit des Schicksals fuhr die Tandlerin hoch, sie kreischte auf: »Des Ding kost' fünfhundert! Du hast ja keine Ahnung, wie schwer so was zum Kriegen ist. Außerdem – ich hab sie meinem Lebensgefährten versprochen.«

Den Mädchen war das Gezeter der Tandlerin willkommen. »Dein Lebensgefährte«, sagte Babsi gedehnt, als würde sie nachdenken, »dein Lebensgefährte – das ist todsicher ein Idiot.«

Meike betrachtete sich wohlgefällig im Spiegel. Die Hose stand ihr tatsächlich auf eine groteske Weise gut. Meike war ein hübsches Mädchen, braungebrannt, mit hellen Strähnen im blonden Haar. Ihre Ohren waren voller Silberringe, und das kleine Bustier ließ den schmalen Körper, die straffe Haut sehen. Meike wusste das, und sie erriet die Gedanken der Tandlerin, die an Zeiten dachte, als auch ihr Körper so ausgesehen hatte. Oder so ähnlich. Nur hatte die Tandlerin ihn bloß einmal im Jahr im Wäschezimmer des Hotels Vier Jahreszeiten gezeigt. Die Alten redeten manchmal darüber, und Meike wusste es von ihrer Mutter. Niemals hatten die Tandlerin oder die Mutter sich so frei in den Straßen ihres Viertels bewegt wie Meike und Babsi. Den Körper dem Wind und den Blicken ausgesetzt. Sie genossen beides, den kühlen Wind und die Blicke, heiß oder von kaltem Neid, je nachdem. Beides brachte Spaß.

Der Tandlerin erschienen ihre Ängste plötzlich absurd. Diese beiden Flitscherl – was sollten sie ihr schon tun. Sie riss sich mit verzweifelter Kraft los und drängte an den Mädchen vorbei, zurück in ihren Laden, zurück zum Telefon. Sie wollte schreien, um Hilfe schreien, da hielt Babsi plötzlich die alte Pistole in der Hand. Die war ganz oben auf dem Glasregal gelegen, immer schon, noch von der Mutter her, die sich vor allem gefürchtet hatte. Babsi hatte die Pistole gesehen, schon ganz am Anfang, und sie hatte sich überlegt, ob die wohl geladen war.

Sie hielt der Tandlerin die Pistole an die Schläfe, so wie sie es aus Filmen kannte, und als die Tandlerin auf der Stelle schwieg, als sie erstarrte, da wusste Babsi, dass die Waffe gefährlich war. Dass man damit schießen konnte. Einfach so. Bum.

Zuerst erschien es Babsi wie ein Spiel. Sie wollte der Tandlerin drohen, ein wenig Macht fühlen oder so etwas Ähnliches. Babsi hatte die dichten Augenbrauen hochgezogen, und es schien, als würde die linke, die mit dem gepiercten Ring, leicht nervös zucken. Der Gedanke, dass sie die Tandlerin erschießen könnte, einfach erschießen, war neu und äußerst verlockend, und Babsi begann, die Möglichkeiten des Erschießens gegen die Möglichkeiten des Nichterschießens abzuwägen. Soll ich? Soll ich nicht? Es erschien ihr durchaus nicht in Ordnung, jemanden zu erschießen, aber in diesem Moment der Gereiztheit, der Langeweile, der Wut über den Neid der Tandlerin, in diesem Augenblick äußerster Leere wollte Babsi plötzlich etwas Großes tun, etwas ganz und gar Ungewöhnliches. Etwas, was diese Tandlerin und alle anderen alten Mütter sich nicht vorstellen konnten.

Warum eigentlich nicht?

Sie häuften die alten Kleider, die noch nicht ausgezeichnet waren, über der Tandlerin auf. Und Meike, als schämte sie sich, dass nicht sie es gewesen war, die geschossen hatte, holte ihr Feuerzeug aus der Hosentasche und hielt es sorgfältig und lange an den Berg aus Stoff.

So passierte, was die beiden Mädchen nie geplant hatten, aber jetzt akzeptierten als verdiente Strafe für die Tandlerin. Sie standen schon draußen vor dem Laden, sahen auf die üppigen Charivari im Schaufenster, die bemalten Maßkrüge und Spazierstöcke, als ein alter Mann heranhinkte. Die Mädchen sahen, dass er den Laden betrat, und sie fuhren davon. Nicht eilig, aber schnell wie immer. Als später im Lokalradio die Nachricht zu hören war, dass in der Klenzestraße ein Mord passiert und ein Laden abgebrannt sei, riefen die Mädchen bei der Polizei an. Sie meldeten, dass sie am Laden vorbeigekommen seien und einen hinkenden alten Mann dort gesehen hätten.

So kam es, dass der alte Kazmaier, ehemals befreundet mit der Mutter der Tandlerin, wegen Mordverdacht ins Gefängnis kam. Kazmaier bestritt alles, doch es war niemand da, der ihm aus seiner misslichen Situation helfen konnte. Die Klenzestraße war zur Tatzeit wie ausgestorben gewesen, kein Mensch hatte etwas gesehen.

Kazmaier, dem nachgewiesen werden konnte, dass er Spielschulden hatte und im Wesentlichen nur noch die Gesellschaft des Gerichtsvollziehers genoss, Kazmaier war völlig unfähig, sich der Katastrophe entgegenzustemmen. Er konnte noch so oft beteuern, dass er doch mit der Tandlerin befreundet gewesen sei – niemand glaubte ihm. Kazmaier bekam hohes Fieber, aus diesem entstanden Traumgesichte, in denen er schrie und weinte. Im Fieberwahn, an Leib und Seele zerbrochen, erhängte er sich in seiner Zelle.

Am Tag danach hielt Meike Babsi den Lokalteil der Zeitung hin. Babsi las, doch die Meldung schien an ihr vorüberzugehen wie ein Wind: fremd, unverständlich. »Lass uns eine rauchen«, sagte Babsi, und Meike holte ihr Feuerzeug aus der Hosentasche.